UNE ANNÉE A PARIS

PAR

Auguste de Bracevich,

Auteur et traducteur des MÉMOIRES D'UN MÉDECIN, de ZOHRAB, de MARIE DE BOURGOGNE, de DOWERSTON, etc.

> Le spectacle des erreurs d'autrui, nous
> amuse souvent, et nous instruit toujours.

II

PARIS,

BAUDRY, LIBRAIRE-ÉDITEUR,

rue Coquillière, 34.

1842

XI.

D'une main il tenait un sac d'argent,
de l'autre des billets de banque qu'il
pressait sur son sein, tandis qu'il se
baissait sur l'or répandu devant lui.

Le lendemain, de bonne heure, le brillant
cabriolet du marquis traversait les rues étroites
de ce quartier de Paris appelé à si juste titre
le Marais, et qui, par son apparence et les
mœurs de ses solitaires habitans, ressemble si

II.   1

fort à celui de Londres qu'a si plaisamment décrit Washington Irving. Il n'arrive pas souvent au bon peuple du Marais de voir rouler sous ses yeux d'autres voitures que de sales fiacres, si nous exceptons deux ou trois antiques équipages presque aussi vieux que le Pont-Neuf, et qui, régulièrement toutes les années, s'acheminent vers Longchamps en grande solennité, traînés pas à pas par deux véritables haridelles. La course rapide du cabriolet du marquis attira l'attention de tous les bons habitans, et lorsqu'ils eurent aperçu la brillante livrée du jockey, ils se demandèrent les uns aux autres qui cela pouvait être. Les uns soutenaient que c'était le dauphin; d'autres affirmaient, avec le plus grand sérieux, que l'étranger n'avait pas le nez assez long, car ils avaient, disaient-ils, assisté à la dernière revue que le duc d'Angoulême avait passée au Champ-de-Mars, et, quoique trop loin pour distinguer ses autres traits, ils l'avaient reconnu à son nez de Bourbon, tout aussi bien que s'ils l'avaient regardé à travers un télescope; ce qui fut confirmé par une grosse et grasse écaillère qui fournissait le quartier, de poisson, d'huîtres et de nouvelles, et était considérée, en quelque sorte, comme l'oracle du voisinage. Il se trouvait cependant dans le Marais une rue dont les habitans étaient accoutumés à ces sortes d'apparitions; cette rue, la plus sale de tout Paris, aboutissait à un étroit cul-de-sac plus sale encore.

Au milieu de ce cul-de-sac s'élevait une grande maison haute de sept étages, si l'on peut appeler maison un édifice penchant sur sa ruine et menaçant d'engloutir sous ses débris le téméraire qui ose en approcher. Le premier étage était celui qui offrait la plus belle apparence; on y distinguait aux fenêtres des ombres de rideaux que le vent avait peut-être agités sur dix générations; ce luxe était inconnu aux autres étages qui n'avaient pourtant pas trop à s'en plaindre, car à quoi bon des rideaux là où le soleil ne se montre jamais, et où le jour pénètre à peine?

Qu'on ne suppose pas cependant qu'on ne rencontrait que des fenêtres nues depuis le rez-de-chaussée jusqu'au grenier ou septième étage, qui se perdait pour ainsi dire dans l'éternel brouillard d'un ciel brumeux; on y apercevait étendus les trophées d'une laborieuse lessive séchant non au soleil, car jamais ses rayons ne se reflétaient dans ces lieux, mais au courant d'air, et se balançant sur d'innombrables cordes tendues en tous sens et dont les oscillations aspergeaient çà et là des gouttes d'une eau qu'on ne pouvait pas accuser de n'avoir ni odeur ni couleur. Le plus étonnant était de voir s'élever de chaque étage des jardins aériens. A chaque fenêtre, dans des

vases artistement rangés, brillaient mille fleurs
qui par leur éclat et leur parfum semblaient
vouloir faire oublier l'horreur du lieu où elles
étaient condamnées à fleurir.

De Forsac descendit de cabriolet à l'entrée
du cul-de-sac, et se dirigea à demi honteux vers
la maison que nous venons de décrire ; ce n'est
pas qu'il se souciât le moins du monde de l'o-
pinion des sales habitans du quartier; mais il
craignait de compromettre sa dignité aux yeux
de son domestique, qu'il ne voulait nullement
initier au secret de sa visite. Le bruit du cabriolet avait attiré aux fenêtres plusieurs des
habitans de cette triste masure, qui ne parurent
nullement surpris. Le marquis n'était point le
seul des élégans du grand monde qui fût dans
l'habitude de pénétrer parfois dans ce cul-de-
sac.

Au moment même où il mettait le pied sur
le seuil de la porte, une vieille femme qui éten-

dait son linge au-dessus de lui se baissa pour l'apercevoir, et, dans son empressement à satisfaire sa curiosité, elle laissa tomber une énorme chemise toute mouillée qui, descendant en parachute, vint justement envelopper de Forsac comme dans un long surplis. La drôle de figure qu'il fit sous ce costume, jointe à ses violens efforts pour s'en débarrasser, efforts tout aussi vains que ceux d'Agamemnon, excitèrent les éclats de rire de toute la maison auxquels se joignirent bientôt ceux de tout le cul-de-sac. La seule personne qui parut prendre réellement à cœur sa pénible situation, fut la vieille femme, auteur de sa mésaventure. Descendant à la hâte du cinquième étage, elle vint l'aider à se débarrasser, et lui faire ses excuses; son assistance n'était point à dédaigner, car de Forsac s'était tellement entortillé dans les plis et replis de la chemise mouillée, que la vieille femme eut bien de la peine à l'en sortir; alors elle commença à le prier de lui pardonner. Trempé de la tête aux pieds, furieux de la drôle de figure qu'il avait faite devant son domestique, de Forsac n'était nullement disposé à se montrer clément, et, après l'avoir appelée maudite bête, laide sorcière, et l'avoir envoyée du fond du cœur à tous les diables, il s'avança dans la vieille masure; mais ce fut à tâtons, avec le plus grand soin, car l'escalier était si obscur qu'on y voyait à peine. Parvenu au troisième étage, il vit deux jeunes filles qui semblaient l'attendre sur le seuil de leur porte entr'ouverte; elles lui demandèrent d'un air moqueur comment se portait le domino blanc, et se retirèrent aussitôt en riant aux éclats.

De Forsac mordit ses lèvres de rage, maudit vingt fois le Marais, et voua au diable le vieux coquin qui était venu se loger dans un pareil lieu. Il arriva enfin au grenier; mais ce n'était pas tout, il ne s'y trouvait pas moins de six portes qui conduisaient à six appartemens différens; trois de ces portes avaient des cartes qui indiquaient le nom et la qualité de leurs locataires ; le marquis s'approcha pour les examiner. Sur la première, il lut : « M. Charles « Courtois, poète et écrivain public; » n'ayant rien à faire avec les poètes, il s'approcha de la seconde : « M. Précourt, ancien militaire; » il passa à la troisième avec un geste d'impatience, et déchiffra avec peine : « Mademoiselle Pau-« line, figurante à l'Ambigu-Comique. » L'idée seule d'une figurante suffit pour mettre en jeu l'imagination du marquis. Est-elle jeune ? est-elle jolie? se demanda-t-il, et au même instant il résolut de s'en assurer. Il allait frapper, lorsque tout d'un coup il réfléchit que M. Précourt et mademoiselle Pauline pourraient être plus que voisins, et que, dans ce cas comme dans celui où il serait chez elle, il ne serait pas prudent de frapper à sa porte sans avoir un prétexte plausible. Ce prétexte fut bientôt trouvé; il frappa doucement, et une voix de femme l'invita aussitôt à entrer. Il ouvrit alors la porte d'une chambre d'environ dix pieds carrés, où étaient dispersés çà et là des vêtemens de la plus chétive apparence; mais toute son attention fut captivée par la figurante. Comme il l'avait bien prévu, elle avait auprès d'elle M. Précourt, qui, en habit de simple soldat, le bonnet de police sur l'oreille, tenait familièrement sur ses genoux la gigantesque mademoiselle Pauline à demi vêtue d'une robe-de-chambre de coton, les cheveux en papillotte et les pieds nus en pantoufles. De Forsac recula de quelques pas, cruellement désappointé à la vue de ce monstre si peu semblable à la jeune, délicate et voluptueuse créature qu'il espérait rencontrer.

—Ah çà, l'ami, dit le soldat, en se levant de

toute sa hauteur et touchant le plancher de sa tête, tandis qu'il retroussait sa moustache d'un air menaçant, que désirez-vous ici? et il s'avança d'un pas ou deux vers le marquis.

Heureusement pour de Forsac, il reconnut dans cet homme un des anciens soldats du régiment où il avait servi.

— Quoi! la trompette, est-ce toi? Ne te souvient-il plus de ton officier, le capitaine marquis de Forsac, du 4e à cheval?

A l'instant, le bonnet fièrement posé sur l'oreille passa dans la main du soldat, sa physionomie menaçante devint douce comme celle d'un agneau, et il demeura dans l'attitude du respect et de l'obéissance.

— Faites excuse, mon officier, je vous reconnais maintenant; mais, voyez-vous, je n'y vois plus clair; je commence à vieillir, mon officier, moi qui ai passé ma jeunesse au service.

— Et que fais-tu maintenant, Précourt? es-tu à la demi-solde?

— Pas un sou, mon officier. Ah! voyez-vous, ce n'était pas ainsi du temps de l'autre.

— Que fais-tu donc pour vivre?

— Bien peu de chose, mon officier; je donne quelques leçons d'escrime aux jeunes gens du quartier.

— Dans ce cas-là, il te revient toujours quelques pièces.

— Bien peu de chose, mon officier, parce que, voyez-vous, les gens de ce quartier sont si misérables. Mais voici Pauline, mon officier; et se tournant vers la grosse figurante qui s'était retirée derrière les rideaux du lit pour changer de toilette, il s'écria : Viens, Pauline, viens te montrer à monsieur le marquis; et trouvant que Pauline ne se rendait pas à son invitation avec cette promptitude militaire à laquelle il avait été habitué toute sa vie, il la contraignit à sortir presque à demi nue de son accidentel cabinet de toilette. Voyez-vous, mon officier, continua-t-il, elle a de belles jambes, et il montrait du doigt deux énormes piliers de chair; avec cela elle gagne ses dix francs par semaine au théâtre, de sorte que nous avons toujours de quoi acheter du pain et du fromage.

— Il paraît aussi que tu ne te passes pas d'eau-de-vie, dit de Forsac, en désignant un flacon aux trois quarts vide; te voilà déjà à moitié gris.

— Ah, dame! voyez-vous, mon officier, c'est l'habitude, et voilà Pauline qui n'en boit pas mal non plus. Voulez-vous que je vous en verse, mon capitaine? et prenant la bouteille, il remplit deux petites tasses à café qui tenaient lieu de verres.

De Forsac refusa d'abord; mais s'apercevant que le vieux soldat s'en montrait presque offensé, il finit par accepter.

— Allons, Précourt; à ta santé, à celle de ta Pauline. Mais à peine eut-il goûté à la liqueur qu'il se sentit la bouche et le gosier tout en feu, et, jetant au loin la tasse avec un geste d'impatience, il s'écria : Quoi, gredin! est-ce que tu me donnes cela pour de l'eau-de-vie? c'est de l'eau-forte.

— Faites excuse, mon officier; c'est de la bonne eau-de-vie; elle nous coûte toujours vingt sous le litre, dit le soldat, en posant sa coupe qu'il avait vidée d'un seul trait. N'est-ce pas, ma mie? continua-t-il, en s'adressant à Pauline, que cela nous coûte vingt sous le litre?

— Ah, dame! oui, dit la grosse figurante, d'une voix de Stantor, c'est moi qui l'achète et j'en bois toujours.

Le diable vous emporte, pensa le marquis,

ayant peine à se persuader qu'il avait bu de
l'eau-de-vie, et non du vitriol. Puis, tirant de
sa bourse une pièce de cent sous et la donnant
à Précourt, il lui dit :

— Ah çà ! pourrais-tu m'indiquer l'appartement d'un nommé Pierre Godot, qui doit
être ton voisin ?

— Si je le puis, mon officier ! mais certes
oui, c'est dans le coin là-bas, et Précourt désignait du geste l'extrémité du corridor.

— Eh bien ! va voir s'il est chez lui.

Le soldat sembla recevoir cet ordre avec le
plus grand plaisir; il pencha son bonnet de
police sur l'oreille, releva ses moustaches, et se
dirigea en fronçant les sourcils vers la porte
de l'usurier, où il frappa avec violence. — Qui
est là ? demanda de l'intérieur une petite voix
grêle; mais Précourt, sans s'arrêter à répondre, tira le loquet, et entra brusquement.

— Grand Dieu, à l'assassin ! au voleur ! s'écria la même voix grêle et tremblante; mais ses cris étaient étouffés par les bruyans éclats de rire du soldat qui paraissait s'applaudir de la terreur qu'il venait d'inspirer. Craignant que ce bruit n'attirât l'attention des voisins, de Forsac se hâta d'accourir. Au milieu de la petite chambre sombre et enfumée était une grande table sur laquelle se trouvaient pêle-mêle avec des coquilles de noix et des miettes d'un pain noir, débris sans doute d'un frugal déjeuner, un livre de comptes relié en parche-min, une vieille tasse remplie d'encre, le sque-lette d'une plume, des sacs d'or et d'argent, des billets de banque et des rouleaux de louis. A l'extrémité de cette table, le corps à demi penché et dans l'attitude de la plus grande terreur, se tenait un homme d'environ soixante ans, au visage livide et décharné; un bonnet de coton couvrait sa tête, l'une de ses mains tenait un sac, l'autre des billets de banque

qu'il pressait convulsivement contre son sein,
tandis qu'il se baissait sur l'or répandu devant
lui, comme s'il avait voulu lui faire un rempart de son corps contre le terrible Précourt,
qui, debout, immobile en face du vieillard,
dans une attitude menaçante, paraissait jouir
de sa terreur.

De Forsac reconnut d'un coup d'œil son
ami l'usurier, et l'accosta de cet air affable et
familier qu'il savait si bien prendre toutes les
fois que les circonstances ou son intérêt l'exi-
geaient; mais le vieillard, tout entier à ses craintes, ne parut pas même l'apercevoir, ses petits
yeux gris étaient tour à tour fixés sur son or et
sur la figure menaçante du militaire, ses genoux tremblaient sous lui et sa bouche à demi
ouverte, laissait apercevoir les deux ou trois
morceaux de dent qui lui restaient.

—Va-t'en, Précourt, dit le marquis au soldat, en lui donnant une autre pièce de cent sous, ne vois-tu pas que tu fais peur à ce bon vieillard?

— J'obéis, mon officier, répondit Précourt en portant une main à son bonnet et en mettant de l'autre la pièce dans sa poche; puis s'adressant à l'usurier : — Ah! çà, mon vieux, me prêterez-vous vingt sous une autre fois sans m'en faire payer les intérêts? Voyez-vous, monsieur le marquis, continua-t-il en se tournant vers de Forsac, j'avais besoin, il y a quelques jours, de vingt sous pour acheter la bouteille pour Pauline et moi. Eh bien! je viens ici les lui emprunter, il me les donne; le lendemain je viens les lui rendre : le croiriez-vous, mon officier! ce vieux gredin me demanda un liard pour l'intérêt; je refuse, il insiste; enfin je le lui paie, mais en sortant, je lui jure sur ma moustache qu'il s'en repentira. J'ai tenu ma parole, je viens de lui faire une peur du dia-

ble, et nous voilà quittes. Salut, mon officier ;
et il sortit de la chambre.

A peine Précourt s'était-il retiré, que le
vieillard, qui avait semblé pétrifié en sa pré
sence, se tourna vers le marquis et lui demanda à qui il avait l'honneur de parler.

— Es-tu donc fou, Godot ? La peur t'aurait-
elle fait perdre la mémoire ? Je suis ton ancienne connaissance, le marquis de Forsac.

Le vieillard sortit de sa poche une paire
de lunettes, les frotta quelque temps avec
son mouchoir de coton, les plaça ensuite
avec soin sur son nez, s'avança d'un pas ou de
deux, et examina les traits du marquis d'un
air qui aurait pu l'amuser dans tout autre moment.

— Vieux coquin, s'écria-t-il en frappant du
pied et d'un ton d'impatience, me reconnais-
tu enfin pour le marquis de Forsac ?

Son ton impérieux, son geste impatient intimidèrent le vieillard, qui, en se reculant avec précipitation, laissa tomber ses lunettes dont les verres furent brisés en mille pièces.

— Oh! Dieu! monsieur le marquis, mes lunettes! mes lunettes! vous m'avez fait casser mes lunettes!

— Au diable avec tes lunettes : je t'en donnerai d'autres.

Cette annonce ne consola nullement Pierre Godot qui, assez revenu de sa frayeur pour reconnaître le marquis, se rappela que les promesses ne lui coûtaient rien. Tout aussitôt il approcha du foyer où brillaient quelques étincelles dans de la cendre chaude, deux sales et vieilles chaises dont il offrit la meilleure à de Forsac, qui, la regardant d'un air de méfiance, tira son mouchoir de sa poche et l'étendit avec soin avant de s'y placer. Le vieillard s'assit sans tant de façon; car lui, ne craignait pas de gâter son antique habit gris de plomb tout aussi sale que la chaise même, puis il demanda au marquis ce qui pouvait lui procurer le plaisir de le voir.

— Il me faut de l'argent, dit de Forsac d'un ton brusque.

— De l'argent ! de l'argent ! mais mon Dieu, je n'en ai pas moi, dit le vieillard de nouveau saisi de crainte.

— Tu mens ! tu en as ; tu as de l'or et des billets de banque en quantité.

— Mais mon Dieu ! monsieur le marquis, vous m'en devez déjà pour dix mille francs ; je viens tout à l'heure de faire votre compte : le voici, continua-t-il en prenant le livre de parchemin dont nous avons déjà parlé ; mais au moment où il allait l'ouvrir, de Forsac le lui arracha des mains et le rejeta sur la table.

— Au diable avec tes comptes ! je sais que je suis ton débiteur, mais maintenant, il ne s'agit pas de moi, il s'agit d'un jeune Anglais riche, honorable et l'héritier d'un titre.

A ces paroles l'usurier tressaillit de plaisir comme le cheval qui entend le cor de chasse.

— Quelle somme lui faudrait-il ?

— Vingt mille francs.

— C'est une grosse somme; mais quel intérêt paiera-t-il ? parce que, voyez-vous, monsieur le marquis, il y a bien peu d'argent sur place.

— Écoute, dit de Forsac en se rapprochant de lui, voici l'affaire en deux mots. Et il lui apprit qu'un jeune Anglais de sa connaissance désirait emprunter à cinquante pour cent, sur son billet à six mois; que ses moyens de remboursement étaient incontestables, chose dont il lui était bien facile de s'assurer chez le banquier Laffitte, et il lui proposa enfin de partager les dix mille francs de bénéfice que l'affaire présentait.

Le vieillard répondit qu'il croyait bien que l'Anglais était un homme solvable, mais que vingt-cinq pour cent ne lui suffisaient pas; qu'à ce taux, il n'y gagnait rien, et qu'il se voyait forcé de refuser.

— Très-bien, dit de Forsac, je connais deux ou trois autres personnes qui seront charmées de faire cette affaire même à quinze pour cent ; je ne t'ai donné la préférence qu'en qualité d'ancien ami, et comme une compensation de la somme que je te dois.

— Un instant, dit l'usurier, en s'apercevant que de Forsac se disposait à le quitter. Eh! mon Dieu! monsieur le marquis que vous êtes exigeant! Vingt-cinq pour cent, c'est bien peu de chose pour moi qui courrai tous les risques ; prenez-en vingt et donnez-moi le reste.

— Je te répète qu'il n'y a aucun risque, tu n'auras l'affaire qu'à la condition suivante :

nous partagerons les cinquante pour cent.

— Eh bien! monsieur le marquis, sur ce qu'il vous reviendra vous me paierez au moins mille francs de votre compte.

— Pas un sou, Pierre Godot, je ne suis pas encore marié.

— Eh bien! cinq cents franc donc, c'est bien peu de chose sur vos cinq mille.

— Pas un sou, Pierre Godot, répéta l'obstiné débiteur; tu me paieras les cinq mille francs, ou tu n'auras rien sur cette affaire, ainsi, décide-toi.

— Oh! mon Dieu! mon Dieu! dit le vieillard avec impatience, on voit bien que vous êtes toujours mauvais sujet, monsieur le marquis: mais lui faut-il de l'argent aujourd'hui?

— Il lui en faut tout de suite, à l'instant même, il nous attend chez lui; ainsi, mon vieux, dépêche-toi. Commence d'abord par dégarnir ton coffre-fort.

—Mais les renseignemens, monsieur le marquis, il faut d'abord que j'aille chez son banquier.

— Je t'emmènerai dans mon cabriolet, tu
descendras en route, et si tu es satisfait des
renseignemens que l'on te donnera chez Laffitte, tu déposeras entre mes mains les cinq
mille francs en bons billets de banque, ensuite
je te conduirai chez l'Anglais.

L'usurier poussa un profond soupir et dit :
—Vous êtes bien défiant, monsieur le marquis.
Puis ôtant son bonnet de coton, il passa sur sa
tête grise les restes de ce qui fut autrefois un
peigne, et mettant autour de son cou un mouchoir jadis blanc, il acheva ce qu'il appelait sa
toilette ordinaire. Le premier objet de son attention fut ensuite le livre que de Forsac avait
jeté sur la table; il le referma avec le plus grand
soin, puis ouvrit le coffre où était renfermé
son trésor, en tira un gros portefeuille rem-

pli de billets de banque de diverses valeurs, compta et recompta avec la plus grande attention la somme de vingt mille francs, et se tournant vers le marquis, il lui demanda en soupirant, s'il voulait avoir son argent en billets ou en or?

— Ma foi! l'or vaut bien le papier, dit de Forsac en jetant un regard sur le sac que le vieillard lui montrait : que contient-il?

— Deux cent cinquante louis, répondit l'usurier.

— Bon, nous le mettrons dans le cabriolet; en vérité, tu ne fais pas bien de garder tant d'argent chez toi, on pourrait te voler.

— Le croyez-vous, monsieur le marquis? dit l'usurier tremblant de tous ses membres : dans ce cas-là je ne dois pas sortir, je ne sortirai pas : ce militaire farouche...

Le marquis maudit sa maladresse et songea aussitôt à la réparer.

— Comment, vieux gredin! oses-tu soupçonner ce brave militaire? C'est un de mes
anciens compagnons d'armes, un homme qui
te méprise ainsi que ton or; il a voulu te faire
peur, et voilà tout. Veux-tu que je lui fasse
part de tes vils soupçons? Et il se dirigea vers
la porte.

— Oh non! monsieur le marquis, s'écria le
vieillard, tremblant d'exciter la colère du terrible Précourt et de perdre ses vingt-cinq pour
cent, je ne le soupçonne pas ce brave homme,
puisque vous le dites brave; mais, voyez-vous,
il n'y a pas long-temps que je suis ici, et je ne
connais personne dans la maison.

— Pourquoi es-tu donc venu habiter ce vilain quartier?

— Les logemens sont si chers depuis que
les Anglais sont à Paris. J'ai payé mon dernier
au faubourg Saint-Germain quinze francs par
mois, tandis qu'ici je n'en paie que sept, et

lorsqu'on a besoin d'argent, on sait toujours où me trouver.

— Maudit avare! murmura de Forsac. Eh bien! es-tu prêt?

— Dans le moment, monsieur le marquis.

Ayant mis avec soin dans sa poche les vingt mille francs en billets de banque et refermé son coffre-fort à double tour et au cadenas, il ne restait plus d'embarrassant que le sac de louis. Le vieillard voulait l'emporter en cachette; car il craignait que sa vue n'excitât des soupçons sur l'argent qu'il avait chez lui et qu'on ne vînt le voler durant son absence. Que faire? Ils n'avaient ni l'un ni l'autre de manteau, et le sac était trop gros et trop lourd pour pouvoir être mis dans la poche. La difficulté fut tranchée par de Forsac : s'apercevant que le chapeau qui avait remplacé le bonnet de nuit de Pierre Godot avait toute l'élasticité de ceux que les fashionables plient sous leur bras, bien que ce fût une élasticité factice, due à quelques dix ans de services et à quelques milliers d'ondées, il conseilla aussitôt à l'usurier d'y cacher son or. Le vieillard saisit cette idée avec empressement ; mais en remettant son chapeau, il le trouva trop lourd et déclara qu'il ne pouvait en supporter le poids. — Courage, dit le marquis, mon cabriolet nous attend à la porte, tu n'as que l'escalier à descendre. Ils sortirent ensemble, Pierre Godot ferma à double tour la porte de sa chambre et en mit la clé dans sa poche. Dans ce moment même les éclats de rire du soldat se firent entendre dans le cabinet de mademoiselle Pauline, et l'usurier tourna en tremblant ses petits yeux gris vers de Forsac, tandis que ses lèvres murmuraient : « croyez-vous que tout soit en sûreté chez moi ? »

— Ne t'ai-je pas déjà dit que je connais cet homme ? s'écria le marquis avec impatience, et l'instant d'après tirant de sa bourse une pièce de cinq francs, il ajouta : « Va frapper à sa porte, et donne-lui ces cent sous comme une espèce de compensation de l'intérêt que tu lui as fait payer. »

Charmé de trouver l'occasion de se réconcilier avec un homme qu'il redoutait si fort, l'usurier prit la pièce et s'avança vers la porte avec empressement; mais à peine y eut-il frappé que le mot : Ouvrez, prononcé d'une voix terrible, le fit trembler de nouveau et lui ôta le courage d'entrer. Un second : Eh bien ! ouvrez donc, sacrebleu, prononcé d'un ton d'impatience, le décida enfin. Il se serait volontiers retiré jusqu'aux antipodes ; mais la retraite étant maintenant impossible, il tira le loquet d'une main peu sûre et entra ; son trouble était si grand qu'il ne pouvait distinguer qu'avec peine les objets qu'il avait sous les yeux. Le militaire quitta aussitôt son siége, releva sa moustache, et s'avançant vers lui d'un air

aussi terrible qu'un bravo, il s'écria : Eh bien!
mon vieux coquin, est-ce vous? que désirez-
vous ici? venez-vous me demander encore des
intérêts?

— Oh non! monsieur le militaire, répondit
le vieillard ayant peine à ouvrir ses lèvres pa-
ralysées par la crainte; je suis bien fâché de ce
que j'ai fait, et je vous prie de vouloir bien
accepter cette petite somme en compensation.

Précourt prit la pièce qu'il lui offrait, la regarda un moment, puis lui demanda d'un air
d'hésitation, s'il se proposait de lui en faire
payer de nouveau l'intérêt?

— Mais non, dit vivement l'usurier rassuré
par le ton dont cette question lui était faite, je
vous en fais cadeau.

— A la bonne heure, s'écria le soldat; voilà
une autre affaire, voilà ce qui s'appelle agir
en bon camarade. Et parbleu! je crois que vous
êtes au fond un bon enfant.

Cette assurance remplit de joie le cœur de Pierre Godot, qui s'applaudissait déjà du langage conciliant de son redoutable voisin ; mais malheureusement pour lui Précourt avait l'habitude, alors qu'il était un peu gris, ce qui lui arrivait tous les jours, de joindre l'éloquence des gestes à celle des paroles, et une tape amicale suivit son amicale expression ; sa large main tomba ouverte sur la tête du vieillard qui s'abattit sous le coup avec d'autant plus de facilité que l'équilibre une fois rompu, il fut entraîné par le poids de l'or caché dans son chapeau. Incapable de prononcer une seule parole, il demeura à terre, immobile, des larmes roulaient dans ses yeux et ses traits étaient décomposés par la terreur.

— Grand Dieu! qu'ai-je fait? s'écria Précourt, vivement alarmé de la situation de l'usurier : Pauline, ma mie, apporte-moi vite une tasse d'eau.

Le marquis, en entendant un bruit comme la chute d'un corps et l'exclamation du soldat, accourut voir ce qui était arrivé, et ne fut pas peu surpris en apercevant le vieillard étendu sur le carreau : au même instant arriva mademoiselle Pauline, avec une tasse d'eau fraîche qu'elle lui jeta en entier sur le visage. L'effet de cette aspersion fut spontané, Pierre Godot parut revenir à lui et se releva quoiqu'avec peine.

En se baissant pour lui ramasser son chapeau qui était tombé, Précourt ne fut pas peu surpris de le trouver d'un poids énorme. — Diable ! s'écria-t-il en jetant les yeux sur le sac qui y était renfermé, je ne suis plus étonné maintenant, mon vieux ; il me semblait que vous aviez la tête diablement dure. Voilà l'affaire expliquée. — Quoi ! est-ce que vous auriez le courage de le remettre ? ajouta-t-il en le rendant à l'usurier qui tendait la main pour le reprendre.

Le vieillard jeta un coup d'œil sur le sac, pour s'assurer qu'il ne s'était pas ouvert, et replaça le chapeau sur sa tête; mais il éprouva une si vive douleur, qu'il fut contraint de l'ôter à l'instant.

— Que faut-il faire, monsieur le marquis? dit-il d'une voix lamentable, je ne puis plus le porter sur ma tête... Oh! monsieur le militaire, je ne reviendrai jamais de ce coup-là.

— J'en suis bien fâché, mon vieux, répondit le soldat, que le présent de Pierre Godot, quelque léger qu'il fût, avait adouci en sa faveur; mais, parbleu! je ne pouvais deviner que vous aviez fait un coffre-fort de votre chapeau. Allons, l'ancien, pas de rancune, touchez là.

Aucun spécifique n'aurait pu agir plus puissamment sur Pierre Godot que le ton conciliant du soldat, et il lui tendit en souriant sa main décharnée.

De Forsac, qui avait le besoin le plus urgent des cinq mille francs si étrangement renfermés dans le chapeau de l'usurier, était on ne peut plus contrarié de tous ces retards, et maudissait l'idée qu'il avait eue de l'envoyer vers le soldat.

— Bien, Précourt, s'écria-t-il, mets ton vieux manteau, et descends avec ce sac d'or; tu le déposeras dans mon cabriolet.

— Oui, mon officier, répondit le soldat, en s'empressant de prendre son manteau, qui, suspendu au mur de la chambre de mademoiselle Pauline, la tapissait presque en entier.

— Croyez-vous qu'il n'y aura pas de risque, Monsieur le marquis? murmura Pierre Godot; c'est une grosse somme. Et il se tourna de nouveau vers le militaire d'un air méfiant.

De Forsac ne lui répondit que par un regard

qui lui donna à entendre que s'il disait un mot de plus ou hésitait davantage, il ferait part de ses soupçons à Précourt et l'abandonnerait à son mauvais sort.

L'usurier soupira et jeta un regard d'amour sur son sac, en le confiant momentanément à Précourt, qui s'approchait pour le recevoir.

— Parbleu ! il ne pèse pas mal, observa le soldat, en plaçant le sac sous son bras, et en le recouvrant de son manteau, tandis qu'il suivait le marquis à travers l'escalier ; je voudrais bien que ce sac fût à moi. Il paraît, mon ami, que vous en avez beaucoup de ces sacs chez vous ?

— Oh! non, Monsieur le militaire, murmura l'usurier, en le suivant de si près qu'il lui marchait sur les talons ; les sacs que vous avez vu chez moi ce matin ne contiennent que des pièces de deux sous ; malheureusement vous avez là le seul sac d'or que je possède.

Tandis qu'il prononçait ces paroles, ils

étaient déjà descendu au troisième étage, où
l'obscurité devenait si grande que Pierre Godot,
privé de ses lunettes, pouvait à peine distinguer la haute et athlétique forme du soldat.

— Où êtes-vous, Monsieur le militaire? s'é-
cria-t-il enfin, tremblant de crainte et d'ap-
préhensions.

— Me voici, répondit Précourt presque à
son oreille; ah ça, mon vieux, continua-t-il
d'un ton colère, oseriez-vous par hasard former des soupçons? Sacrébleu, si je le croyais,
je vous passerais mon épée dans le ventre.

— Moi, former des soupçons, Monsieur le
militaire, oh non! Dieu m'en préserve!

— C'est bon, murmura Précourt du même
ton, et ils gardèrent de nouveau le silence. Au
bout de quelques instants, ils se trouvèrent à
l'entre-sol; la porte d'entrée avait été fermée,
l'obscurité était profonde. Le marquis s'avança
le premier, Précourt le suivit à quelque dis-

tance et Pierre Godot, n'apercevant maintenant plus personne devant lui, pensa à la facilité avec laquelle Précourt pourrait disparaître avec son or, et son cœur battit avec violence. L'anxiété lui suggéra l'idée de s'emparer d'un pan du manteau, mais il redoutait si fort le soldat, qu'il hésita, de crainte de réveiller ses soupçons. Sa passion dominante l'emportant enfin, il s'avança de deux ou trois pas, saisit le manteau de son compagnon et le suivit de près.

— Qui est-ce qui me tient ainsi? s'écria Précourt d'une voix furieuse.

— Oh! c'est moi, Monsieur le militaire; je n'y vois plus clair et je crains de tomber à chaque instant.

— Lâchez-moi, vieux menteur que vous êtes!

L'usurier, bien convaincu que le soldat ne cherchait qu'à prendre la fuite avec son or, le serra de plus près encore, et se pendit pour ainsi dire à son manteau.

— Mille tonnerres ! vous ne le voulez donc pas ? murmura Précourt, et, dégageant un de ses bras, il porta un tel coup à Pierre Godot, que le pauvre diable roula dans les escaliers et parvint au corridor avant de Forsac lui-même.

— Mon Dieu ! Précourt, es-tu fou ? s'écria le marquis, vivement irrité ; que viens-tu de faire ? Nous allons avoir tous les locataires sur le dos ; va vite, ouvre la porte.

Précourt se hâta d'obéir ; mais à peine était-il sur le seuil de la porte, que l'usurier, à qui l'amour de l'or semblait donner de nouvelles forces, se releva pour courir après lui ; de Forsac l'arrêta.

— Ne fais pas de bruit, ne fais pas de scandale ; ne t'ai-je pas dit, maudit avare, que c'était un de mes anciens soldats ? Et il ajouta, en voyant que l'usurier suivait des yeux Pré-

court, tandis qu'il essayait vainement de se
dégager ; continue à te montrer méfiant, et tu
verras ce qui t'arrivera à ton retour.

Ces dernières paroles parurent faire de l'effet sur Pierre Godot.

— Ah ! dit-il, en secouant la poussière dont
il était couvert, cette affaire me coûtera bien
cher ; jamais je n'ai éprouvé autant de contra-
riétés qu'aujourd'hui.

— Bah ! tu es un vieil imbécille ; mais dé-
pêchons-nous, l'Anglais nous attend.

Pierre Godot sourit de nouveau à cette idée,
et comme Précourt, sans s'arrêter à l'attendre,
se dirigeait à travers le cul-de-sac, il ne perdit
pas un moment à le suivre, tremblant de tous
ses membres, jusqu'à ce qu'il le vît s'arrêter
devant le cabriolet du marquis.

Lorsque les bons habitans de ce sale quartier virent sortir de Forsac accompagné du
formidable et bien connu Jacques Précourt,

la terreur de tous ceux qui osaient jeter un
regard d'affection sur mademoiselle Pauline,
et du mystérieux vieillard, qu'on savait demeurer au septième étage, mille et mille
conjectures furent formées à l'instant. Les
uns supposèrent que l'élégant étranger n'é-
tait rien moins qu'un espion du gouvernement, les autres assurèrent que c'était un
agent de police, et quelques-uns soutinrent
hardiment que ce ne pouvait être que le fameux Vidocq lui-même. Mais lorsqu'ils virent
que le soldat, après avoir déposé quelque chose
dans le cabriolet où le vieillard et l'étranger
étaient montés, portait respectueusement la
main à son bonnet de police, avec un « Salut
mon officier », il furent plus intrigués que jamais.

Dès que le cabriolet fut parti, un ou deux
des plus hardis, qui ne connaissaient cependant le soldat que pour le voir passer tous les

jours devant leur porte, lorsqu'il allait donner ses nobles leçons d'escrime, se hasardèrent à l'accoster et à lui demander quel était l'étranger; mais Précourt sentant toute l'importance attachée à cet événement, résolut de garder le secret. Il releva sa moustache, regarda autour de lui d'un air fier, s'enveloppa de son large manteau, sans daigner faire la moindre réponse, et, mettant dans sa poche la pièce de cent sous que de Forsac lui avait donnée en partant, il retourna chez lui, raconter à mademoiselle Pauline, ce qui lui était arrivé et se réjouir avec elle de l'heureuse et subite augmentation de leurs finances.

XII

N'est-ce pas une mauvaise plaisanterie
que d'appeler MONT-DE-PIÉTÉ une effrontée
maison d'usure qui ne donne que les deux
tiers de la valeur du gage qu'on y dépose,
et fait payer 12 p. 100 d'intérêts, comme
si elle avait quelque risque à courir ?...

Dans aucune capitale du monde, on n'ex-
ploite avec autant de succès qu'à Paris, l'état
de gêne dans lequel se trouve les prodigues et
les dissipateurs de certaines classes. Les juifs
ou usuriers de Londres, de Vienne et de Saint-

Pétersbourg sont non-seulement honnêtes, mais encore en fort petit nombre, en comparaison des misérables marchands d'argent qu'on rencontre à chaque coin de la capitale de France, toujours prêts à avancer de grosses sommes à un intérêt exhorbitant, pourvu que la garantie qu'on leur offre soit de nature à ne pas leur laisser la moindre chance de perte.

Ces marchands d'argent n'agissent avec leurs concitoyens qu'avec la plus grande prudence et la plus grande réserve, car ils savent que, d'après les lois du pays, ils ne peuvent les garder que cinq ans en prison dans le cas où ils refuseraient de les satisfaire, et qu'après ce délai ils n'ont plus aucune prise sur eux. Aussi arrive-t-il bien souvent que ceux qui se trouvent débiteurs de fortes sommes aiment mieux faire une station de cinq ans à Sainte-Pélagie, que d'aliéner leurs propriétés qu'ils ont eu la précaution de faire passer sous un autre nom. Nous n'élèverons aucune discussion sur la moralité de cette loi, nous n'examinerons pas jusqu'à quel point elle peut aliéner la confiance, car on regarde généralement comme un axiôme que tout ce qui est fait légalement est fait justement. Pour le moment, il suffit de savoir que les marchands d'argent tiennent une liste générale des personnes du grand monde dans l'habitude d'avoir recours à eux; chaque nom est suivi d'une note, et chaque fois qu'il leur est fait une demande, ils consultent leur liste, et prêtent ou refusent selon que la personne est bien ou mal notée. Cette excessive réserve n'a lieu cependant, comme nous l'avons déjà dit, que pour les gens du pays, avec les étrangers et les anglais surtout, ils se montrent bien plus hardis, car le cas est bien différent; ils ont sur eux un droit qui équivaut à tous les gages, à toutes les hypothèques du monde; car dans le cas où ils ne rempliraient point leurs obligations, ils peuvent les faire enfermer pour la vie , et comme ils ne prêtent qu'après s'être assurés que leur débiteur est un homme solvable sous tous les rapports, ils sont bien certains qu'il aimera mieux remplir ses obligations que de mourir à Sainte-Pélagie. La difficulté de se cacher dans une capitale où le nom et l'adresse de tous les étrangers sont enregistrés au bureau de police, et soumis à l'inspection de tous ceux qui le désirent, contribue à rassurer leurs créanciers, et surtout les marchands d'argent, qui, plus intéressés que les autres, mettent la plus grande attention à suivre tous les mouvemens de leurs débiteurs; ils ont toujours quelque employé subalterne de la police à qui ils donnent la pièce pour venir les prévenir de toute demande de passeport à l'étranger. Dès que l'un d'eux reconnaît son homme dans celui qu'on vient lui annoncer comme prêt à partir, il se présente chez le juge-de-paix, ayant en main sa lettre de change ou son billet à ordre, jure que son débiteur est au moment de retourner chez lui, obtient une prise de corps, et en moins de douze heures le fait enfermer à Sainte-Pélagie. Souvent même l'usurier en agit ainsi sur le moindre doute, sur le moindre soupçon; un faux serment ne lui coûte rien, toutes les fois qu'il s'agit de son intérêt; ces harpies s'enrichissent des dépouilles des étrangers, et des anglais surtout, ce qui n'est pas étonnant dans une capitale où le jeu est le principal passe-temps, et où les établissemens en ont long-tems été encouragés et maintenus par le gouvernement; ils perdent souvent dans une seule soirée tout l'or qu'ils destinaient à un long séjour en France, puis, après avoir épuisé le crédit ouvert chez leur banquier, ils se trouvent forcés d'avoir recours aux expédiens. Alors quelque mauvais sujet qu'ils auront connu au jeu, et fort souvent leur maîtresse même, leur suggère l'idée d'avoir recours à un usurier auquel la *chère amie*, si c'est elle qui se charge de traiter l'affaire, demandera un billet de banque, quelque bijou ou un châle de cachemire, suivant que l'usurier doit faire un bénéfice plus ou moins considérable. Tandis que l'amant ne peut se dispenser de lui donner à son tour un joli cadeau, pour la peine qu'elle a prise à lui procurer un argent dont il ne croit jamais payer de trop forts intérêts, puisqu'il lui fournit les moyens de satisfaire ses passions, et il ne songe nullement qu'il faudra sous peu rembourser une plus grosse somme. Quand ce moment arrive et qu'il est jeté en prison, sa maîtresse l'oublie tout aussitôt pour chercher une nouvelle dupe. En attendant les cadeaux qu'elle a reçus sont envoyés au *Mont-de-Piété*, si ce n'est pas une mauvaise plaisanterie que d'appeler ainsi une effrontée maison d'usure où l'on ne vous donne que les deux tiers de la valeur du gage que vous y déposez, en vous faisant payer sur cette somme la bagatelle de douze pour cent, comme si l'on avait quelque risque à courir.

Entraînés par le cours de nos réflexions , nous dirons deux mots des agens d'affaires , race toute aussi pernicieuse que celle des usuriers, et tout aussi abondante à Paris. Ce sont en général d'anciens commerçans banqueroutiers. Lorsqu'ils apprennent qu'un homme respectable cherche à emprunter de l'argent , ils lui demandent aussitôt une entrevue, que celui-ci , heureux de saisir toutes les chances de réussite, s'empresse d'accorder; l'agent est invité à venir le lendemain déjeuner à la fourchette, et rien n'est considéré comme trop bon pour une personne qui peut et qui veut vous tirer d'embarras. L'hôte et

son visiteur à la barbe longue, à l'habit râpé,
s'asseoient à la même table; on évite avec soin
de parler d'affaires durant le repas; mais au
dessert l'intrigant commence à débiter son
conte. Il dit connaître un individu qui veut
se débarrasser d'une partie de vin ou de blé
contre des billets à longue date, pourvu toute-
fois qu'une maison de commerce respectable
veuille bien assurer qu'ils sont bons; puis,
il ajoute qu'un capitaliste de sa connaissance
pourrait bien se charger des marchandises
et en donner la valeur en argent, moyennant
un gros escompte. Jusque-là rien de difficile,
l'hôte nomme une maison qui déclarera sa
signature fort bonne, et l'intrigant s'écrie :
— Je connais parfaitement cette maison; mais
c'est une affaire excellente, tâchez d'avoir du
papier timbré pour telle et telle somme, et
nous arrangerons l'affaire demain matin à
déjeuner; il prend ensuite son chapeau, avale

un petit verre de liqueur, promet de ne pas perdre de temps, et sort en laissant son hôte plein de l'espoir d'un heureux succès.

Il revient le lendemain matin à l'heure indiquée, commence par manger et boire comme s'il n'avait ni bu ni mangé depuis huit jours, et discute ensuite la manière dont les billets seront faits, ce qui aurait bien pu être décidé la veille, mais il y aurait perdu un déjeuner. Les billets signés, il se retire en promettant d'en finir au plus tôt, ce qu'il n'espère pas même une fois sur dix; mais que lui importe! Au lieu de suivre la même affaire, il se présente chez une autre personne qui désire aussi se procurer de l'argent, et y joue aussi le même rôle, qu'il va renouveler ailleurs; de sorte qu'il s'assure ainsi plusieurs bons repas par semaine. Lorsqu'il a fait sa ronde, il retourne chez le premier et l'assure, en faisant de nouveau honneur à un excellent déjeuner, que

l'affaire est en bon train et ne peut se terminer que d'une manière satisfaisante; il en dit
autant aux autres, en retire le même avantage, et ses visites se prolongent ainsi pendant
quelque temps. Tantôt, il donne pour excuse
que la personne chez qui il s'est présenté pour
prendre les renseignemens n'était pas chez
elle; tantôt le détenteur des marchandises
vient de s'absenter pour quelques jours; quelquefois il y a une irrégularité dans la teneur
des billets, ce dont il est au désespoir, car c'est
lui qui en est cause, puisqu'il les a dictés; de
sorte que, sous un prétexte ou sous l'autre,
l'intrigant trouve le moyen de faire traîner
un mois, six semaines une affaire qui aurait
pu se terminer dans les vingt-quatre heures.
A la fin, lorsqu'il s'aperçoit que la patience
de ses dupes est à bout, il déclare d'un air chagrin qu'il craint fort que l'affaire ne puisse
avoir lieu. Le détenteur des marchandises ne

trouve pas les garanties assez bonnes, — quoique Monsieur, ajoute-t-il, soit reconnu un homme honorable, un homme fidèle à ses engagemens; mais Monsieur doit savoir, continue-t-il en haussant les épaules, que cela ne suffit pas dans le commerce. D'autres fois, pour se donner de l'importance, il assure que les marchandises sont prêtes à être livrées contre les billets, mais que le capitaliste refuse de les prendre, car il en a déjà une trop grande quantité en magasin. L'agent d'affaires n'a jamais tort, le pauvre diable! il s'est donné tant de peine! il a tant couru! et tout cela pour rien; il perd sa commission et les petits cadeaux qu'il aurait reçus si la chose avait eu lieu. Cependant il espère être plus heureux une autre fois, et ne pas rencontrer de semblables gens; depuis qu'il est dans les affaires c'est la première fois que cela lui arrive; mais on ne peut prévoir les événemens, on ne peut rien contre le caprice et la mauvaise foi de certaines personnes. C'est ainsi que l'agent d'affaires évite non-seulement d'être jeté par la fenêtre ou les escaliers, mais se réserve encore une issue à de nouveaux bons repas.

Retournons maintenant à notre ami Pierre Godot, que nous avons laissé traversant le sale Marais dans le cabriolet du marquis et se dirigeant vers la Chaussée-d'Antin. Il avait mis son esprit à la torture durant tout le temps de la route pour trouver un prétexte de mettre la main sur le sac d'or déposé sur la banquette, et tout entier à cette pensée, il n'entendit pas même plusieurs observations que lui fit le marquis. A la fin, le cabriolet s'arrêta rue d'Artois, vis-à-vis de l'hôtel Lafitte, et il lui fallut prendre une détermination. Il ne pouvait, si grande était la méfiance de son caractère, supporter l'idée de laisser son sac d'or auprès du marquis; cependant, lors même

qu'il l'aurait prié de l'accompagner, le domestique restait et le danger était aussi grand;
dans ces circonstances difficiles, le vieil usurier se trouvait tout aussi embarrassé que
l'homme de la fable avec son loup, sa chèvre
et son chou ; comme il demeurait indécis et ne
se pressait pas de descendre, de Forsac lui demanda d'un ton d'impatience s'il comptait
lui faire perdre toute sa journée. Pierre Godot
mit alors lentement pied à terre, et se disposait à demander son or, lorsque, intimidé par
un regard du marquis, il s'avança à regret
vers l'hôtel. Il n'était pas encore parvenu à la
porte cochère, que ses craintes l'emportant sur
toute autre considération, il revint sur ses pas
et demanda son sac, assurant que la tête ne
lui faisait plus mal et qu'il pourrait le mettre
de nouveau dans son chapeau.

— Que désires-tu faire de ton sac? lui dit
de Forsac avec humeur. As-tu besoin d'argent?

— C'est que... c'est que... voyez - vous, monsieur le Marquis, c'est que...

— Au diable avec tes bêtises ! réponds-moi ; crois-tu que ton sac d'or ne soit pas en sûreté ici ?

— Oh ! oui , monsieur le Marquis, je sais que je le laisse entre bonnes mains ; mais c'est que, voyez-vous, il y a plusieurs pièces de quarante francs, et je voudrais les changer contre de simples louis.

— Ne t'occupe pas de cela , bonhomme, répondit de Forsac avec ironie ; puisque ce sac est pour moi, je me garderai bien de me plaindre de ce qu'il s'y trouve des pièces de quarante francs, j'aime ces espèces-là à la folie.

Pierre Godot, contraint d'abandonner son précieux sac, se dirigea de nouveau vers l'hôtel Lafitte , en poussant un profond soupir et

se retournant à chaque pas pour jeter un coup
d'œil sur son trésor et se convaincre que le
cabriolet était toujours à la même place. De
Forsac s'amusait des craintes du vieillard,
quoiqu'il affectât d'en être indigné, et lorsqu'il le surprit regardant d'une des fenêtres
de l'antichambre qui conduisait aux bureaux,
si tout allait bien, il lâcha les rênes du cheval
et le fit avancer de quelques pas ; à cette vue,
l'usurier plein de terreur s'élança dans l'escalier et gagna en un instant la porte cochère.
Mais lorsqu'il arriva, le cheval avait reculé, et
se trouvait à la même place où il l'avait laissé.
De Forsac eut peine à s'empêcher d'éclater de
rire, en le voyant accourir, pâle, tremblant,
les yeux hors de la tête, et si saisi de crainte
qu'il demeurait la bouche béante, sans pouvoir
prononcer une seule parole, et lorsqu'affectant de croire qu'il avait déjà obtenu des renseignemens, il lui demanda s'ils étaient favo-

rables, l'usurier répondit d'une voix chevro-
tante.

— Mais non, monsieur le Marquis, je n'y
suis pas encore allé.

— Et que fais-tu donc ici, vieux pêcheur?
je t'ai vu il n'y a pas un instant là-haut, à la
croisée.

— C'est que... c'est que... je croyais que
vous alliez partir, répondit l'usurier en hésitant.

— Oh! pour cela, c'est un peu fort; va vite,
arrange ton affaire, et si tu n'es pas de retour
au bout de dix minutes, je partirai sans toi.

Pierre Godot remonta avec autant de précipitation qu'il était descendu, et se présenta
devant M. C***, chef du bureau anglais, plus
semblable à un spectre qu'à un homme.

— Monsieur, dit l'usurier, connaissez-vous
un jeune Anglais nommé Arthur Delmaine, et

pourriez-vous me donner des renseignemens sur son compte?

— Un moment! s'écria le chef du bureau, ne voyez-vous pas que je suis occupé?

Le vieillard, intimidé, recula d'un pas; il songea que dix minutes étaient bientôt écoulées, et demeura sur des charbons ardens; puis, tirant de sa poche une vieille montre d'argent, il se mit à en suivre les aiguilles d'un air inquiet; le moindre retard pouvait avoir pour lui la plus funeste conséquence; il écoutait le bruit de toutes les voitures qui s'éloignaient. Hélas! celle du marquis pouvait être du nombre; il était dans l'agonie de l'incertitude, car la salle où il se trouvait donnait sur la rue de Provence, et il avait laissé de Forsac dans la rue d'Artois. A la fin, ne pouvant plus demeurer dans une aussi cruelle position, il résolut de s'assurer de l'état des choses. Sortant du bureau sur la pointe des pieds, il se dirigea vers l'antichambre, et s'approcha de la fenêtre en se courbant, pour n'être pas reconnu. La vue de de Forsac occupé à converser avec une dame le rassura, et une fois encore, il retourna au bureau, où M. C***, ayant terminé l'affaire qui paraissait l'occuper si fort, lui donna sur Delmaine les renseignemens les plus satisfaisans. Pierre Godot, le cœur plein de joie, s'empressa de passer dans l'antichambre où il avait laissé son chapeau ; mais après l'avoir vainement cherché une minute ou deux, il se hâta de se rendre auprès du marquis, qui, ayant achevé sa conversation, paraissait l'attendre avec impatience.

— Qu'as-tu fait de ton chapeau ? s'écria-t-il en apercevant l'usurier dont la drôle de figure le fit éclater de rire.

— Je l'ai perdu, murmura le vieillard ; il a disparu de l'antichambre où je l'avais laissé.

— Eh bien! désires-tu savoir quel est le voleur?

—Mais certainement, monsieur le Marquis, je vous prie en grace de me le dire.

— Eh bien! Pierre Godot, c'est un gros chien anglais qui l'a emporté; je l'ai vu descendre il n'y a qu'un instant, ton chapeau à la gueule.

— Eh! mon Dieu, mon Dieu! le vilain chien anglais! voilà deux pertes que je fais aujourd'hui, mes lunettes et mon chapeau. Comment ferai-je pour ravoir mon chapeau?

— Bah! vieil imbécile, je te donnerai trois francs pour en avoir un autre; mais monte vite, et dis-moi si ton affaire est arrangée.

L'usurier se plaça dans le cabriolet, passa la main sur la banquette pour s'assurer de la présence de son sac, et tressaillit de bonheur en le touchant.

Le contraste que sa mise offrait auprès de celle

de de Forsac, excita plus d'une fois l'hilarité des passans. Le marquis n'était pas insensible au ridicule d'avoir un pareil compagnon, mais il l'était encore beaucoup moins à la possession des deux cent cinquante louis qui allaient passer du coffre du vieillard dans ses poches. Instruit que les renseignemens étaient bons, il lui donna un moment les rênes à tenir et, prenant le précieux sac, il commença à le détacher, à la grande alarme du vieillard.

— Mais, mon Dieu! monsieur le Marquis, que faites-vous donc? l'affaire n'est pas encore terminée, s'écria-t-il aussitôt, étendant la main pour défendre sa propriété.

— Ote ta main, vieil imbécile, dit de Forsac en faisant passer l'or dans ses poches, ne vois-tu pas qu'il faut que nous montions ensemble chez l'Anglais, et penses-tu laisser ce sac d'or dans le cabriolet sans courir grand

risque de le perdre? Crois-moi, ton or sera
plus en sûreté dans mes poches.

Pierre Godot se consola en pensant que puisqu'il ne quitterait pas le marquis, son or ne
pourrait courir un grand risque; cependant,
il le voyait disparaître de cet œil dont on regarde un objet chéri qu'on croit ne plus revoir. Il ne songeait nullement que cette somme
devait lui être remboursée deux fois sa valeur,
ce qui le dédommageait bien d'une avance de
six mois, il ne songeait qu'à la perte d'un
certain nombre de pièces de cet or qu'il était
dans l'habitude de compter tous les matins,
depuis peut-être plus de vingt ans; il éprouvait
à s'en séparer une aussi grande douleur que
celle qu'occasionne la séparation de l'ame et du
corps, et lorsque de Forsac, après avoir tout
englouti dans ses poches, jeta au loin le sac
et reprit les rênes, il attacha sur ce sac vide
des regards pleins d'amour, comme le passa-

ger qui suit de l'œil un objet chéri qu'emportent les flots. Il demeura triste et rêveur jusqu'au moment où le cabriolet s'arrêta dans la rue de la Chaussée-d'Antin.

Delmaine attendait avec la plus grande impatience l'arrivée du marquis. Trois heures étaient sonnées depuis long-temps, et il examinait avec inquiétude et avec une vive anxiété tous les cabriolets qui passaient sous ses fenêtres ; enfin, il en vit un s'arrêter devant sa porte, un monsieur en descendit, qui ressemblait fort au marquis ; mais l'étranger, bien loin d'être suivi d'un usurier portant des sacs, était accompagné d'une jeune et jolie femme. — Ils n'arriveront donc pas, murmura-t-il ; puis, s'éloignant de la fenêtre et se jetant sur une ottomane, il couvrit son visage de ses deux mains et demeura livré à de tristes méditations. Quelques instans après un autre cabriolet s'arrêta : — Les voici, s'écria Adeline, qui était demeurée debout contre la croisée.

Delmaine accourut auprès d'elle. Cette fois, son espoir ne fut point déçu : il vit de Forsac descendre de son tilbury suivi d'un individu dont la figure pâle et décharnée et la physionomie judaïque dévoilaient l'usurier.

Au bout de quelques minutes, le marquis entra dans l'appartement, accompagné de Pierre Godot qui s'était attaché à lui tout comme au vieux soldat Précourt. Le portier ne s'était fait aucun scrupule de se livrer à la gaieté la plus bruyante en apercevant ce fantôme sans chapeau, à l'air hagard et effaré ; Delmaine lui-même eut peine à se contenir en le voyant entrer tout essoufflé, car de Forsac s'était fait un malin plaisir de monter l'escalier avec la plus grande précipitation ; Adeline même, quoique triste jusqu'au fond du cœur, fut obligée de quitter la chambre pour ne pas éclater de rire en sa présence. Dès que l'usu-

rier eut repris haleine, il se tourna vers le
marquis et lui demanda si Delmaine était le
monsieur avec qui il devait traiter. Sur sa réponse affirmative, il s'approcha davantage et
le fixa d'un œil scrutateur, comme s'il eût
cherché à découvrir dans sa physionomie une
garantie de plus. L'examen se termina de
manière à prouver que notre ami Pierre Godot
était un excellent physionomiste, car il eut à
peine étudié tous ses traits, qu'avec quelque
chose qui ressemblait à un sourire, il déclara
que si Monsieur était prêt, il conclurait l'affaire à l'instant même, et sortant de sa poche
plusieurs feuilles de papier timbré, il s'assit
pour tracer le corps des billets; soudain il se
rappela le triste destin de ses lunettes. Que
faire? il ne pouvait, privé de leur secours, ni
lire ni écrire, et les choses devaient alors forcément en rester là, car il ne pouvait nullement songer à sortir pour en acheter et à

laisser le marquis avec les cinq mille francs
dans ses poches; il le connaissait trop pour
lui confier une pareille somme. Heureusement
Delmaine se rappela qu'Adeline avait une paire
de lunettes d'or, qui, disait-elle, lui avaient
été données par un ancien ami de son père; il
passa dans sa chambre pour les lui demander.
Elle hésita, rougit et parut même surprise de
la demande; mais en apprenant ce qu'on voulait en faire, elle se rassura et les donna sans
hésiter davantage. Delmaine s'empressa de les
porter à l'usurier qui, bien qu'il eût la vue
trop faible pour lire ou écrire sans leur secours,
l'avait cependant assez bonne pour distinguer le métal qui constituait ce qu'il aimait le
plus sur la terre. La richesse de ce bijou cap-
tiva son attention, et après s'être frotté deux
ou trois fois les yeux comme pour s'assurer
que ce n'était pas une illusion, il s'écria :

—Mais, mon Dieu! monsieur le Marquis, ce

sont les mêmes lunettes que je vous ai vendues
il y a deux ans ; vous me dîtes alors que vous
alliez en faire cadeau à une jeune et jolie demoiselle dont vous étiez éperdument épris...

— Tu te trompes, vieil imbécile, dit en
l'interrompant de Forsac d'un ton d'humeur,
tes maudites lunettes sont déjà bien loin d'ici;
crois-tu qu'il n'y ait de lunettes d'or que les
tiennes ?

— Oh ! je les reconnais à une marque particulière, mais n'importe; et à la grande satisfaction du marquis, il les plaça sur son nez
et se tut.

Si Delmaine n'avait pas été tout entier à
l'affaire dont il s'agissait, il aurait sans doute
été frappé du trouble d'Adeline et de ce petit
dialogue qui, dans toute autre circonstance,
auraient suffi pour élever une tempête dans
son ame.

Il eut bientôt fait et signé pour trente mille

francs de billets, en échange desquels il reçut de Pierre Godot vingt billets de banque de mille francs chacun, que l'usurier compta et recompta plus d'une demi-douzaine de fois. Puis, après s'être fait donner par le marquis l'écu qui devait lui servir à acheter un chapeau de troisième ou quatrième main, il se retira tout joyeux.

Après son départ, de Forsac dit d'un air de nonchalance : — Eh bien ! j'espère que j'ai mené promptement cette affaire; si vous saviez tout, vous me seriez vraiment reconnaissant; car, pour vous dire la vérité, je cours après ce vieux coquin depuis ce matin neuf heures, et j'ai eu une peine de tous les diables à le décider à vous avancer une aussi forte somme.

— Je vous assure, dit Delmaine, que je sens tout le prix du service que vous m'avez rendu et que je ne l'oublierai point.

— Oh! n'en parlons plus, mon cher ami, je désirerais seulement, et il montrait sa bourse vide, que mes finances fussent à beaucoup près dans un état aussi prospère que les vôtres.

— A propos, auriez-vous besoin d'argent? interrompit Delmaine; s'il en est ainsi, je vous prierai d'en agir avec toute la liberté d'un ami.

— Ma foi! répondit de Forsac, d'un ton d'hésitation affecté, j'ai bien encore quelques louis à la maison, mais ils ne peuvent me conduire bien loin, et je pense que je dois profiter de votre offre obligeante.

— Quelle somme désirez-vous? dit Arthur en portant la main sur ses billets de banque.

— Mais donnez-moi cent livres sterling, cela me suffira pour le moment.

Delmaine prit deux billets de mille francs et un de cinq cents, et les remit au marquis, qui, après un froid, Je vous remercie, les renferma dans son portefeuille.

—Et maintenant, ajouta-t-il, il est bien temps que je songe à rentrer chez moi; je n'ai pas encore eu un moment pour changer de toilette, je suis vraiment honteux de me trouver si tard en habit du matin. Il aurait dû ajouter qu'il était fatigué du poids de l'or qui remplissait ses poches; mais comme il n'entrait nullement dans ses intentions de faire soupçonner à Arthur qu'il avait la moindre pièce d'or sur lui, il se garda bien de faire à ce sujet la moindre petite allusion, et laissant Delmaine pénétré de reconnaissance pour le prétendu service qu'il venait de lui rendre, il lui serra la main et le quitta pour remonter en cabriolet.

XIII.

Dès qu'un homme tombe dans le
malheur, la société semble se fermer
devant lui et devenir plus aride, plus
impitoyable que le désert même.

Qu'elles sont étranges et rapides, les révolutions qui s'opèrent dans l'esprit humain, lorsqu'un vice dominant s'en empare sous la forme
insidieuse d'une distraction ou d'un amuse-
ment! Arthur, quoique généreux, s'était fait

remarquer au collége par la régularité de sa conduite; jamais ses dépenses n'avaient excédé
ses revenus, il avait les dettes en horreur, trop
fier pour supporter l'idée de demeurer seulement une heure le débiteur d'un marchand,
il n'avait jamais demandé le moindre crédit et
achetait tout l'argent à la main. Tels avaient
été ses sentimens et sa conduite depuis sa sortie de l'Université, et tel il était encore un
mois avant de connaître de Forsac, un mois
avant l'époque où nous lui voyons emprunter
d'un vil usurier, par l'entremise de ce marquis
plus vil encore, une forte somme d'argent à
un taux sans exemple même dans les annales
des juifs. Il est vrai qu'il possédait les deux
tiers de la somme et qu'il pouvait les considérer comme une avance de ses propres fonds,
tandis que la perte qu'il avait faite pour se la
procurer ne montait pas à une année de ses
revenus; cependant se procurer une somme de

trente mille francs ou de douze cents livres
sterling dans un espace de temps aussi court
que six mois, lui aurait paru, dans toute autre
circonstance, une chose presque impossible;
mais il avait maintenant la plus grande confiance dans le jeu, et, comme la plupart des
joueurs, il s'imaginait qu'il pourrait, d'ici là,
rencontrer plus d'une chance favorable. Convaincu qu'il ne pouvait compter, dans cette occasion, ni sur Dormer, ni sur son oncle, il se
réserva d'écrire à l'intendant de sir Édouard,
chargé de recevoir les rentes provenant de son
petit patrimoine, pour le prier de l'hypothéquer
pour le montant de cette somme; de plus, il
avait, dans le temps, prêté deux cents livres
sterling à un de ses anciens camarades, et il
se proposait de les lui redemander; cette
somme, jointe à la valeur presque égale de plusieurs bijoux, devait lui être d'un grand secours pour acquitter la dette qu'il venait de

contracter. Mais toutes ses espérances repo-
saient particulièrement sur la forte somme
qu'il avait en main, il espérait bien la tripler
au jeu, et, dans ce cas, il se proposait de rembourser l'usurier, même avant l'échéance de
ses traites; c'était là l'idée qui lui souriait le
plus, il ne considérait le reste que comme des
moyens extrêmes qu'il n'emploierait qu'en
désespoir de cause. Hélas! le pauvre jeune
homme n'admettait pas ou, pour mieux dire,
se refusait d'admettre que ses vingt mille
francs pouvaient, dans l'espace de quelques semaines, de quelques jours, de quelques heures
même, être engloutis à ces tables de jeu où
il se flattait de se créer une ressource! Mais
quel est le joueur qui songe jamais aux chances
qu'il a contre lui? Quel est le joueur qui met
seulement en doute qu'avec une forte somme
en sa possession, il ne puisse faire crouler la
banque à laquelle il lui plaira de s'opposer?

Arthur ne pensait pas non plus que, dans le
cas où la fortune lui serait contraire, ses autres
espérances pourraient se trouver tout aussi
vaines; il ne songeait pas que son intendant
ne réussirait peut-être point à hypothéquer sur
son patrimoine une somme aussi forte, dans le
court délai qui lui serait donné; que son ami
pourrait se trouver dans l'impossibilité de le
rembourser, et que ses bijoux, enfin, pouvaient être estimés bien au-dessous de leur
valeur, lorsqu'il voudrait s'en défaire.

A cette époque, une nouvelle gamme venait
d'être découverte par un ou deux habitués de
la rouge et noire; ces hommes, qui avaient
passé trente ans de leur vie à étudier les différentes chances et combinaisons de ce jeu de
hasard, avaient adopté un système qu'ils soutenaient être infaillible, et en effet, il fut, pendant quelque temps, suivi avec le plus grand
succès. Tout Paris retentissait de cette décou-

verte; c'était le sujet dominant de la conversation de tous les cercles, la neuvième merveille du monde, la véritable pierre philosophale. La route de la fortune semblait être ouverte à tous ceux qui avaient un capital à leur disposition, et les inspecteurs mêmes de ces établissemens tremblaient sur leur trône, où, entourés des dépouilles de leurs victimes, ils avaient paru si glorieux et si fiers. Toute la troupe des propriétaires, des banquiers et des employés prit l'alarme, et il s'éleva une lutte violente entre la force et l'adresse, entre les puissans capitalistes et les petits spéculateurs.

L'anxiété du public était aussi grande que celle des personnes intéressées. Les salles de jeu du Palais-Royal se trouvaient obstruées par la foule, curieuse de connaître l'effet du nouveau système; c'était incontestablement le meilleur qui eût encore été suivi, il réussissait presque toujours. Encouragés par son succès, la plupart des spectateurs l'adoptaient et voyaient également la fortune leur sourire. Les commerçans mêmes abandonnèrent leur boutique pour s'adonner à un genre de spéculation beaucoup plus lucratif et moins ennuyeux que celui d'auner de la toile ou de vendre du sucre ou du café. La consternation régnait, depuis les propriétaires qui, assis au-dessus des joueurs, examinaient d'un œil d'aigle le montant des mises et la tourne des cartes, jusqu'aux moindres employés. Quand une forte somme était perdue, les premiers en demandaient le montant, le visage pâle et d'une voix émue, tandis que la main des autres tremblait si violemment, qu'ils avaient peine à retirer quelques napoléons qu'ils jetaient avec un geste d'impatience parmi les masses qui s'élevaient devant eux, contraints qu'ils étaient de payer à la couleur gagnante des billets de banque pour une somme considérable. Telles étaient les scènes qui se

passaient aux maisons de jeu du Palais-Royal;
mais chez Frascati la réunion était bien
mieux composée; personne ne pouvait s'y présenter sans avoir un billet de l'un des propriétaires. C'était là une lutte dont dépendait l'existence des maisons de jeu; si le système était
véritablement infaillible, les fonds de la banque,
quoique énormes, devaient à la fin s'épuiser.
Il ne lui restait d'autres ressources , que de le
combattre hardiment, car le système, quoique à
peu près sûr, avait une marche lente et mé-
thodique que la passion des joueurs ne devait
pas leur permettre de suivre long-temps , et
pour peu qu'ils en déviassent, leur perte était
assurée. C'était la seule espérance de salut
qui restât à la banque, bien persuadée, au
reste, que la ruine de quelques-uns épouvan-
terait les autres et porterait un coup mortel
au système , qu'on rendrait responsable de la
folie de ceux qui s'en seraient écartés, et c'est,

en effet, ce qui arriva. Les maisons de jeu, qui avaient été contraintes à se suicider, se relevè- rent plus puissantes que jamais et ajoutèrent de nouvelles victimes à celles qu'elles avaient déjà faites. Cependant le système, sagement suivi, eût infailliblement opéré alors ce que le gouvernement français s'est depuis déterminé à faire dans son propre intérêt; il eût fermé ces antres infâmes d'où sortent le désespoir, la rage, la fureur et tous les crimes qu'ils en- fantent, auxquels nous pourrions ajouter cet amour de changemens et de révolutions, cet esprit de désordre qui s'empare de l'homme qui a tout perdu, et le pousse à embrasser les partis les plus violens, comme la seule chance qui lui reste de se rattacher à une société qui semble se fermer pour lui et devenir plus aride, plus impitoyable que le désert même, dès qu'il s'y trouve sans argent.

Le surlendemain du jour où Delmaine avait

II. 6

reçu les vingt mille francs de Pierre Godot, il était assis à déjeuner avec Adeline, qui faisait tout son possible pour l'engager à renoncer au jeu, lorsqu'il fut surpris par l'arrivée de de Forsac.

— Eh bien! mon cher ami, s'écria-t-il en entrant, désirez-vous faire votre fortune? Si, comme je le suppose, il en est ainsi, la chose est en votre pouvoir et vous n'avez pas un moment à perdre.

— J'en doute fort; mais voyons, qu'avez-vous à me proposer? dit Delmaine en souriant. Est-ce un intérêt dans une compagnie d'assurance pour la vie des hommes ou contre l'incendie?...

— Rien de tout cela; c'est une méthode infaillible de gagner à la rouge et noire.

—Ah! dit Arthur en soupirant, ce serait une chose bien digne d'envie; mais comment y parvenir?

— Vous allez voir, dit le marquis en sortant ses tablettes : une nouvelle combinaison a été découverte et elle est si infaillible que tout homme qui possède un capital s'empresse de la suivre. En vérité, les fonds des diverses banques sont attaqués avec un succès si constant et si rapide, que nous ne pourrons avoir part à leurs dépouilles si nous ne nous hâtons.

— Vous me paraissez bien confiant, observa Arthur avec un sourire d'incrédulité, et j'avoue que je suis curieux de connaître cette gamme; pourriez-vous m'en donner une idée?

— La voici, dit de Forsac en ouvrant ses tablettes. Vous voyez qu'il y a quarante-cinq coups calculés dont la mise augmente en proportion, et offre une immense latitude pour se rattraper, dans le cas où le début ne serait pas heureux. Vous devez commencer par jouer un napoléon; si vous perdez, vous en mettez deux; trois, si la chance continue à être contraire et ainsi de suite ; si vous gagnez, vous diminuez votre mise successivement d'un napoléon, et vous ne l'augmentez de la même somme que si vous perdez de nouveau. Le résultat de cette méthode est tel que si vous gagnez autant de coups que vous en perdez , vous avez encore de bénéfice autant de fois la valeur de votre première mise que vous avez joué de coups, ce qui est un avantage décidé en votre faveur; rien ne saurait vous l'enlever. C'est un système admirable, la banque sera coulée à fond ; c'est le sujet de toutes les conversations, tout Paris en retentit, tout le monde s'occupe de recueillir le fruit de l'expérience d'un seul homme.

— J'avoue que cette méthode me paraît excellente, dit Arthur d'une voix animée ; quel est le capital nécessaire ?

Adeline lui pressa le pied, mais ne prononça pas une seule parole, et lorsqu'il jeta les yeux sur elle pour en découvrir le motif, il lut sur son joli visage une expression de regret et de désappointement.

De Forsac le voyant détourner tout d'un coup son attention de dessus les tablettes pour la fixer sur la jeune fille, en devina la cause; il jeta sur elle, sans être aperçu, un regard plein de dépit, et observa, d'un ton d'indifférence.

— Pour commencer par un napoléon, il faudrait avoir quarante-cinq mille francs.

— Et où diable les prendrais-je? s'écria Delmaine; il m'en reste à peine quinze mille.

— Mais vous pouvez tout aussi bien suivre le système en commençant par cent sous, qui est la plus petite mise. Quand nous aurons doublé le capital, ce qui ne peut être autrement, nous jouerons un demi-napoléon, puis un napoléon, et ainsi de suite.

— Vous dites *nous*, observa Arthur; pourquoi n'adopteriez-vous pas le système pour vous seul?

De Forsac rougit.— C'est, dit-il, que dans le moment je ne me trouve pas avoir des fonds suffisans, mais je m'engage à supporter de compte-à-demi avec vous la bonne ou mauvaise fortune.

Arthur sentit de nouveau la douce pression d'Adeline; mais dans son ardeur à embrasser une méthode qui lui offrait la perspective de réparer ses pertes passées, il n'en tint aucun compte, car il craignait de rencontrer son regard.

— Quoique le profit que peut offrir un aussi faible enjeu que celui de cent sous soit réduit à rien par le partage, observa-t-il, si vous le désirez vivement.....

— Arthur, mon cher Arthur, s'écria Adeline, en dépit d'un regard furieux que lui lança de Forsac, laissez-moi vous conjurer de

n'entrer dans aucune de ces misérables combinaisons. Rappelez-vous les engagemens que
vous avez pris , et le peu de temps qui vous
est donné pour les remplir.

Delmaine sourit à la jeune fille, et allait,
pour la consoler, se rendre à ses désirs, lorsqu'il vit le marquis, pâle et défiguré, jeter sur
elle un regard de reproche et de colère. A
cette vue , il s'écria avec emportement :
— Qu'est-ce donc, Marquis ! prétendriez-vous
exercer la moindre influence, la moindre autorité sur cette jeune fille ! Parlez, hâtez-vous
de répondre.

De Forsac recouvra à l'instant sa présence
d'esprit. — Mon cher ami, répondit-il , êtes-
vous fou ? quelle influence pourrais-je exercer
sur une personne qui ne m'est rien ? Si c'est
l'expression de ma physionomie qui vous a
induit en erreur , je vous avouerai que je ne
me sens pas trop bien ce matin , et qu'un petit

verre d'eau-de-vie me serait d'un grand secours. S'il vous reste encore quelque doute,
consultez mademoiselle Morincour elle-même.

— Pardonnez-moi, marquis, dit Arthur en
lui tendant la main, je me suis emporté sans
motif. Adeline, ma chère, apportez-nous le
flacon d'eau-de-vie.

La jeune fille tremblante s'empressa de lui
obéir, et il crut l'entendre sangloter en passant dans la chambre voisine.

— Eh bien! dit de Forsac, après avoir vidé
un petit verre, à quoi vous décidez-vous? Pour
ce qui est de la proposition que je vous ai faite
de partager avec vous les chances du jeu, je
n'insisterai pas davantage si elle vous déplaît
le moins du monde.

Quoique depuis la soirée de madame Derval, Arthur n'eût plus aucune espèce de considération pour le marquis, il était loin de vouloir le désobliger par un refus, surtout après

le tort qu'il croyait avoir eu en s'emportant contre lui sans motif. Cependant, avant de se décider, il jeta un regard sur Adeline qui lui fit un signe négatif.

— Comment, au nom du Ciel! pouvez-vous encore hésiter? s'écria de Forsac plein de dépit, mais se tenant trop sur ses gardes pour le laisser éclater. Jamais une pareille perspective, je dis plus, une pareille certitude de succès ne s'est offerte à un homme. Le systéme est si infaillible que la banque doit sauter, et ma seule crainte est que cela n'arrive avant que nous ayons triplé notre capital. Si vous pouvez conserver encore le moindre doute, venez ce soir pour examiner seulement le jeu, et si vous n'êtes pas frappé vous-même de la stupeur qui règne parmi les banquiers, et des bénéfices des personnes que vous aurez sous les yeux, de ma vie je ne vous parlerai de nouveau sur ce sujet.

— Rien de plus juste; je dois certainement observer la marche de votre gamme si vantée avant de lui confier mon or; Adeline, y consentez-vous?

— Je vois, dit la jeune fille, qu'il est inutile de tenter de vous détourner de votre dessein; cependant, puisque vous n'y allez que comme simple spectateur, vous me promettrez de ne point porter d'argent sur vous.

De Forsac parut déconcerté. — Nul doute, dit-il, que vous ne trouviez le système infaillible, et combien ne vous reprocherez-vous pas alors de n'avoir pas emporté vos fonds?

— Si le système est tel que vous le dites, lui répondit vivement Adeline, il sera tout aussi bon demain qu'il l'est aujourd'hui. Promettez-moi, continua-t-elle d'un ton suppliant, en se tournant vers Arthur, que non-seulement vous ne jouerez pas cette nuit, mais que même vous ne vous exposerez point à vous laisser tenter en emportant votre argent.

De Forsac mordit ses lèvres de rage, et Delmaine ayant promis à Adeline ce qu'elle désirait, il observa d'un ton railleur : — Bien! il me paraît que vous n'avez fait que changer de Mentor; nous vous verrons jouer ce soir le rôle sensé d'observateur.

— Monsieur de Forsac, dit Arthur avec fierté, vous avez parfois un ton qui ne me convient nullement, et je vous prierai d'y renoncer une fois pour toutes.

Le marquis demeura quelques instants déconcerté, et craignit d'avoir été trop loin; puis il s'écria du ton le plus conciliant : — Eh quoi! mon cher Delmaine, vous êtes devenu bien sévère; on ne peut plus maintenant se permettre le moindre badinage, la moindre plaisanterie amicale, sans exciter votre fureur; en vérité, vous me surprenez fort.

— Je ne vois pas le motif de votre surprise, Marquis, observa froidement Arthur ; je ne suis point capricieux, mais je pense qu'un ami peut s'exprimer d'une manière tout autre que vous ne le faites parfois.

— Bien ! nous prendrons soin de ne plus vous offenser, et il se leva pour sortir. En attendant, que vous proposez-vous de faire? où nous rencontrerons-nous ce soir?

— Chez Frascati, et comme je ne suis point dans l'intention de jouer, ce ne sera pas avant dix heures.

— Soit; à dix heures précises vous m'y trouverez. A propos, continua-t-il en retournant sur ses pas, avez-vous quelque chose à faire dire à la rue de la Paix? je compte m'y rendre dans la journée; je serais heureux de présenter vos hommages à la divine Hélène.

Cette question était faite bien plus dans le but de mortifier Adeline que dans celui de provoquer Arthur, qui sentit le sang lui monter au visage en entendant prononcer ainsi le nom d'une personne pour laquelle il n'avait pas cessé d'avoir la plus haute considération; il répondit avec colère.

— J'aurais eu peine à m'imaginer, monsieur de Forsac, que votre connaissance avec miss Stanley pût jamais justifier votre manière de vous exprimer à son égard.

— Pardonnez-moi, je n'avais nullement l'intention de vous offenser; mais vous êtes extrêmement susceptible ce matin, et je dois me hâter de me retirer, si je ne veux me faire percer de part en part; à ce soir. Et il sortit sans saluer Adeline, sans paraître même l'apercevoir.

Il était déjà sorti depuis quelques minutes, et Delmaine continuait à demeurer plongé dans la profonde rêverie où il était tombé à son départ ; le ton, la conduite, les manières du marquis pendant cette entrevue lui avaient excessivement déplu ; il commençait maintenant à concevoir les plus grands doutes sur son caractère ; jusqu'alors il avait bien découvert en lui des opinions qui ne pouvaient nullement être celles d'un homme bien né, mais durant ce court entretien il l'avait vu à découvert. Il se rappelait l'impression de sa physionomie, lorsqu'il regardait Adeline, croyant n'être pas observé, et, quoique peu soupçonneux, ce regard avait fait une profonde impression sur lui. Il fut arraché à sa rêverie par les profonds soupirs que poussait la jeune fille ; il se tourna et la vit toute en larmes.

— Qu'avez-vous, Adeline ? qui peut donc vous affecter ainsi ? lui demanda-t-il en s'approchant d'elle.

— Oh ! laissez-moi tout vous avouer, s'écria-t-elle en l'entourant de ses bras, et cachant son visage contre sa poitrine.

— Ah! pensa Arthur, je suis menacé de quelque triste découverte; il se leva soudain et recula de quelques pas d'un air irrité.

La jeune fille, tremblante, le regardait d'un air suppliant et semblait indécise. — Eh bien! parlez. Et son geste était impétueux, sa voix était sévère.... — Oh! ce n'est rien.... absolument rien, si ce n'est que je suis bien malheureuse. Un triste pressentiment pèse sur mon cœur, l'oppresse, le déchire. Ah! promettez-moi que vous n'irez pas ce soir chez Frascati.

—Quoi! ma chère Adeline, est-ce là tout? Pourquoi vous créer de sombres images, de fantastiques terreurs? Vous ne sauriez croire le mal que vous m'avez fait; j'étais déjà préparé à entendre quelque fatal aveu. La jeune fille fondit de nouveau en larmes, et, d'un accent qui partait du cœur, elle s'écria de nouveau : — Ah! je suis bien malheureuse.

— Ma chère Adeline, dit Arthur en s'asseyant auprès d'elle et en l'entourant de ses bras, si vous m'aimez, ne vous affligez pas ainsi sans aucun motif. Qu'avez-vous à craindre? Ne suis-je pas auprès de vous? n'êtes-vous pas sous ma protection? mon attachement pour vous n'est-il pas profond et sincère?

— Ah! rien ne manquerait à mon bonheur si je pouvais croire qu'il en sera toujours ainsi.

— Eh! pourquoi non? Ne troublez point, le présent par la crainte d'un sombre avenir.

— Eh bien! dit Adeline en essuyant ses larmes, je m'efforcerai de bannir mes craintes : mais ayez égard à ma faiblesse, promettez-moi que vous n'irez point ce soir chez Frascati. Je ne saurais me rendre compte de ce que j'éprouve, mais je suis persuadée qu'il m'arrivera malheur si vous vous éloignez de moi.

— Adeline, ma chère Adeline, demandez-moi toute autre chose, et je vous l'accorderai; mais en vérité pardonnez-moi si je persiste à me rendre ce soir chez Frascati, lors même que ce ne serait que pour vous prouver combien vos terreurs sont chimériques. D'ailleurs, continua-t-il, comme pour donner un motif de plus à son refus, que dirait de Forsac, s'il venait à apprendre que j'ai manqué à ma parole par égard pour vos pressentimens? Rien ne saurait me mettre à l'abri de ses sarcasmes, et il ne commençait pas déjà trop mal ce matin. En vérité, ma chère Adeline, vous êtes presque une seconde Calpurnia.

— Je ne puis vous retenir forcément, dit la jeune fille avec tristesse; mais rappelez-vous que si César eût cru aux secrets pressentimens

II.   7

de celle à qui vous me comparez, il n'aurait point péri par le poignard.

Vainement Arthur s'efforça le reste du jour d'égayer la jeune fille, son ame semblait plongée dans le noir, et lorsqu'à dix heures, au moment de partir, il l'embrassa et lui tendit la main, elle la lui serra avec un mouvement convulsif et fondit en larmes.

XIV.

Femmes qui tentent gaiement la fortune de leur bourse, et les jeunes gens
de leurs yeux.

Delmaine se rendit chez Frascati le cœur
agité de mille émotions diverses. Ce temple
du vice et de la dissipation lui apparut plus
resplendissant que jamais. Il en traversa le
vaste corridor et parvint bientôt à l'anticham-

bre où un laquais lui demanda sa carte ; il
avoua qu'il n'en avait point :

— Alors, Monsieur, il m'est impossible de
vous laisser entrer. Mes ordres sont positifs,
et ce soir surtout, car la société est des mieux
choisies, et il doit y avoir bal et souper.

Ces paroles ne firent qu'augmenter son impatience ; s'imaginant que le marquis trouverait bien le moyen de le faire entrer, il demanda au laquais s'il connaissait de Forsac, et
s'il était déjà arrivé.

— Oh ! oui, Monsieur, nous le connaissons
bien, M. le marquis ; il vient d'entrer il n'y a
pas cinq minutes.

— Faites-moi alors le plaisir d'aller lui dire
que M. Delmaine désire lui parler.

Le laquais observa qu'il ne pouvait quitter
son poste, et en envoya un autre porter le message.

Au bout de quelques minutes, il revint,

suivi de de Forsac qui s'excusa auprès d'Arthur de ne l'avoir pas prévenu qu'il fallait une carte : — Heureusement, vous avez songé à me faire appeler , ajouta-t-il , vous pouvez maintenant entrer.

— Du tout, dit le laquais, en retenant Delmaine ; mes ordres sont positifs, et Monsieur ne peut être introduit sans un billet d'invitation.

— Mais il est déjà venu cinquante fois , et son visage doit vous être tout aussi familier que le mien.

— Non, pas tout-à-fait, répondit le cerbère d'un air malin ; cependant je me rappelle fort bien avoir vu Monsieur. Mais depuis la découverte du nouveau système j'ai reçu l'ordre positif de n'admettre que ceux qui sont porteurs d'une carte, à moins qu'un des actionnaires ne vienne lui-même les faire entrer.

— S'il en est ainsi, s'écria de Forsac, je

vais arranger cette affaire dans la minute, et il
rentra chercher un des actionnaires. Il re-
parut l'instant d'après, suivi d'un grand et bel
homme, qui, saluant Delmaine avec grace, lui
fit ses excuses de ce qu'on l'avait retenu aussi
long-temps; et après avoir grondé le cerbère
qui murmura qu'il n'avait fait que suivre ses
ordres, il le pria de vouloir bien venir se joindre à la réunion, qui était, lui dit-il, des plus
distinguées.

Durant le peu d'instans que Delmaine était
resté dans l'antichambre, il avait remarqué
que plusieurs personnes, en apparence d'un
rang élevé, n'avaient pu s'introduire faute de
carte, et il suivit l'actionnaire, bien convaincu
qu'il allait se trouver au milieu de la société
la mieux choisie.

Rien ne peut offrir un coup d'œil plus sé-
duisant, plus tentateur qu'une série de tables
de jeu au milieu d'une suite d'appartemens

resplendissans de lumières, alors que la réunion est brillante et nombreuse. Les monceaux d'or et de billets de banque que l'on voit s'élever çà et là, comme destinés à devenir la proie du premier joueur hardi et heureux, l'espoir d'obtenir d'un seul coup à la roulette trente fois sa mise ou de rencontrer une série à la rouge et noire; la facilité de se procurer les rafraîchissemens les plus exquis; tout, en un mot, contribue à enflammer l'imagination et à charmer les sens; et si tel est l'effet produit par l'aspect d'une maison de jeu où les hommes seuls sont admis, combien la scène ne devait-elle pas paraître plus séduisante encore chez Frascati, où l'on voyait ces femmes charmantes que nous avons déjà rencontrées dans les salons d'écarté, femmes qui tentent gaiement la fortune de leur bourse, et les jeunes gens de leurs yeux, et qui, quelles que soient d'ailleurs leurs fautes ou leurs faiblesses, sont souvent douées d'un esprit supérieur, et d'une grace, d'une amabilité de manières qui rappellent la position où elles se sont jadis trouvées ? Ces femmes-là sont les plus à craindre, car, quoiqu'on ne puisse nier que chez Frascati on en rencontre aussi qui sont bien loin de pouvoir leur être comparées, le mauvais ton des unes ne sert qu'à mieux faire briller les avantages des autres, qui manquent rarement de faire leurs conquêtes et leurs victimes de ces jeunes gens ardens et sans expérience, qui se lancent étourdiment dans ces dangereuses réunions.

Plusieurs de ces femmes, revêtues d'un élégant costume de bal, étaient assises à la rouge et noire et à la roulette, risquant leur or avec un laisser-aller, une hardiesse bien capables de surprendre un étranger à qui cette scène se serait offerte pour la première fois : leur physionomie était brillante de joie alors

que la fortune leur souriait, et tous leurs mouvemens exprimaient l'impatience lorsque l'im-
placable croupier ramassait leur mise. Toutes
les fois que la série leur était favorable, elles
se montraient gracieuses, souriantes et avaient
toujours quelque chose de spirituel ou d'aimable à dire à ceux qui les entouraient ; mais
quand elles perdaient, elles trouvaient qu'il
faisait une chaleur insupportable, ceux qui
étaient derrière elles se pressaient trop contre
leurs riches et élégantes robes, et elles les
priaient de s'éloigner un peu. Les hommes qui
entouraient les tables suivaient en silence le
nouveau système, et offraient à l'observateur
un coup d'œil digne d'attention. Un jeune anglais dont le seul but paraissait être de se distraire en risquant son or, jetait sur eux un
regard de dédain, tandis qu'un autre, dominé
du plus sordide amour du gain, recomptait les
cartes d'un air sombre, essuyait la sueur de

son front lorsqu'il perdait, et se parlait, se
souriait à lui-même lorsque la fortune le favo-
risait.

Arthur aperçut, assises autour des tables de
jeu, plusieurs personnes de sa connaissance,
et entre autres le capitaine O'Sullivan, qui dès
qu'il l'eut rencontré du regard, s'empressa de
venir le joindre. Ils ne s'étaient rencontrés
que par hasard depuis l'époque du duel; mais
depuis lors O'Sullivan n'avait cessé d'avoir
pour lui la plus grande estime et la plus haute
considération.

— En vérité, je suis charmé de vous revoir,
monsieur Delmaine, s'écria-t-il en lui serrant
la main; sans doute vous êtes un des nôtres,
vous venez suivre le nouveau système?

— Non, pas encore, capitaine; mais je pense
que je ne tarderai pas à le faire; pour le moment je me contente d'en examiner les chances
de succès.

— Oh! il est infaillible, et vous avez tort de ne pas le suivre immédiatement.

— Un jour plus tôt ou plus tard ne peut faire une grande différence, et je vous avouerai d'ailleurs que je n'ai pas d'argent sur moi.

— En voici autant que vous en pouvez désirer, dit O'Sullivan, en tirant de sa poche un paquet de billets de banque ; servez-vous-en comme vous voudrez, monsieur Delmaine.

Arthur refusa cette offre obligeante en protestant qu'il était dans la ferme résolution de ne pas jouer de la soirée. — Mais comment se fait-il, ajouta-t-il, que vous ayez déjà abandonné la rouge et noire? Je croyais que le nouveau système exigeait la plus profonde attention et la plus grande persévérance.

— Cela est vrai, répondit O'Sullivan, et c'est précisément ce qui me le rend insupportable; je le trouve trop infaillible et trop monotone, j'aime au jeu un peu d'incertitude, cela le rend plus attrayant. Je suis demeuré une heure entière attentif à la rouge et noire, et après avoir gagné une quarantaine de louis je me suis senti si las que j'ai résolu de ne plus jouer de la soirée.

— Cependant j'ai entendu dire que le système devait être suivi pendant des heures entières.

— Je ne le nie pas; mais nous autres Irlandais, nous ne saurions faire preuve d'une aussi grande patience; j'aimerais mieux perdre mon argent en jouant au hasard, que de doubler ma mise par une méthode aussi ennuyeuse et aussi mercantile.

— Mais si vous admettez que la chance de succès est incontestable, cela mérite bien un peu d'attention.

— Soit, dit le capitaine avec impatience et en prenant une prise de tabac, j'avoue que la nouvelle méthode est excellente pour ceux qui l'aiment ; pour moi, je me reconnais absolument incapable de la suivre.

Après avoir encore discuté quelque temps sur le même sujet, le capitaine commença à faire quelques remarques sur les différentes personnes assises à la table de jeu et que son long séjour à Paris l'avait mis à même de connaître. — Quel est, lui demanda Arthur, ce grand bel homme qui est en face de nous ?

— C'est un de nos compatriotes, le célèbre lord T*** ; ses manières sont aussi séduisantes que sa personne, et quoique déjà vers la moitié de sa carrière, il n'en est pas moins encore le favori du beau sexe. Ce jeune homme que vous voyez assis en face de lui, en apparence beaucoup plus occupé de la dame auprès de laquelle il se trouve que de la rouge et noire, est son fils aîné ; c'est une tête ardente et fougueuse, et son caractère offre le plus grand contraste avec celui de son

frère cadet que vous pouvez apercevoir d'ici,
attentif à la roulette, calculant son jeu avec
toute la prudence et le sang-froid d'un spé-
culateur consommé.

Arthur jeta les yeux sur le fils aîné de sa
seigneurie, et fut frappé de l'expression
franche et ouverte de sa physionomie. Son
visage rose et vermeil était à peine couvert
d'un léger duvet, et il y avait un tel air de
jeunesse répandu sur toute sa personne qu'il
paraissait avoir à peine vingt ans. Il venait
de perdre coup sur coup avec la plus grande
indifférence; et sa belle compagne avait malheureusement suivi la même couleur. Il lui
dit quelques mots à l'oreille, et aussitôt elle
leva ses beaux yeux pleins d'une douce langueur vers le lord qui ne parut nullement
insensible à leur pouvoir; puis, suivant l'exemple du jeune homme, elle jeta sur la rouge
les quatre ou cinq pièces d'or qui lui res-

taient. La noire fit trente-neuf. — Ce coup-ci est à nous, dit-elle d'un air de triomphe.—Bah! répondit l'Anglais en riant, la rouge pourrait faire quarante. — Oh! ce n'est pas possible, si nous ne gagnons pas ce coup-ci, nous ne gagnerons jamais.

—Quarante; rouge perd et la couleur, s'écria le croupier. La jeune dame parut un instant interdite; puis se tournant vers son compagnon, elle fut si frappée de l'expression de sa physionomie qu'elle ne put s'empêcher d'éclater de rire, ce qui déconcerta le banquier et fit cesser un moment le jeu. Au même instant elle quitta son siège et se rendit dans la salle de bal.

— Maudite soit la rouge! s'écria le jeune homme en se levant impétueusement pour la suivre, je ne rejouerai de ma vie à ce détestable jeu.

— Quel est ce monsieur? qu'est-il donc ar-

rivé? Pourquoi a-t-on interrompu le jeu?
Quelle est cette dame? Ils m'ont fait perdre
mon compte, s'écrièrent à la fois les divers
amateurs du système qui, tout entiers à leurs
calculs, n'avaient fait nulle attention à ce qui
s'était passé autour d'eux.

Le lord les entendit, mais ne daigna pas
leur répondre : après avoir suivi le système
pendant toute la soirée, il s'en était écarté un
moment pour jouer selon son idée et avait
gagné une somme considérable du même coup
qui avait fait perdre à son fils son dernier
louis.

Au bout de quelques instans, le jeune
homme revint de la salle de bal, et s'approchant du lord, il dit à demi-voix en se penchant
vers lui : — Il y a dans la salle voisine une dame
qui désire vivement vous être présentée. —
Badinez - vous, Henry? répondit sa sei-

gneurie en jetant sur lui un regard interrogateur.

— Sur mon ame, je parle sérieusement,
répondit le jeune homme : n'avez-vous pas
remarqué cette belle femme qui était tantôt
assise auprès de moi?

— Mais certainement oui ; eh bien?

— C'est la belle dame en question ; elle
meurt d'impatience de vous connaître; si vous
voulez vous rendre dans la chambre voisine
qui conduit à la salle de bal, vous la trouverez
assise seule sur un sofa à gauche en-entrant.

— C'est vraiment une jolie personne, se dit
sa seigneurie à demi-voix; mais qui conti-
nuera mon jeu durant mon absence? Je n'ose
pas me fier à vous, Henry, vous êtes beaucoup
trop étourdi, et d'ailleurs vous n'entendez rien
au nouveau système.

— O mon Dieu! rien n'est plus facile :
vous augmentez votre mise quand vous perdez,

et vous la diminuez quand vous gagnez, n'est-ce pas?

—Précisément; mais je vous en prie, Henry, soyez prudent, et sous aucun prétexte ne vous écartez de la méthode que j'ai suivie jusqu'à présent.

—Oh! soyez sans inquiétude; je la suivrai strictement, et vous pouvez vous attendre à trouver à votre retour votre capital doublé.

—Mais vous devez me présenter? observa sa seigneurie.

— C'est vrai, dit le jeune homme en quittant le siége que son père venait de lui céder, je n'y pensais plus.

Lord T*** arrangea sa cravate, se releva de toute sa hauteur, et prenant le bras de son fils, il passa dans la pièce voisine.

— Que pensez-vous de tout cela? demanda

à Arthur O'Sullivan en haussant les épaules et prenant une prise de tabac.

— A vous dire vrai, capitaine, je ne sais trop qu'en penser : je suppose cependant, continua-t-il en riant, qu'un Irlandais ne saurait rester patiemment plusieurs heures à la même place.

—Ah! monsieur Delmaine, s'écria O'Sullivan d'un ton badin, vous faites de la satire ?

Le fils du lord ne tarda pas à venir reprendre la place de son père, et, s'asseyant en face de l'or et des billets qu'il lui avait laissés, il continua pendant quelques minutes à suivre la méthode prescrite; mais trouvant cette manière de jouer insupportable et désirant tenter le hasard, il jeta sur la table deux ou trois billets de banque de mille francs.

— Vous me pardonnerez, monsieur, lui dit un de ses voisins; mais je crois que sa seigneurie a suivi le système toute la soirée, et que non-seulement le montant de la mise, mais le coup même, est contraire à ses principes.

— Monsieur, s'écria le jeune homme d'un air fier et d'un ton qui semblait dire : Qui diable êtes-vous pour venir vous mêler de mon jeu ?

Celui qui s'était aventuré à faire cette remarque n'était autre que notre ancienne connaissance, M. Darte, qui était parvenu à se procurer les onze mille deux cent cinquante francs nécessaires pour pouvoir suivre le système en commençant par la plus petite mise possible. Il savait que le monsieur auprès de qui il se trouvait était lord T***, et, dans l'opinion de M. Darte, être assis auprès d'un noble était un honneur presque aussi grand que celui de lui parler, deux avantages qu'il recherchait également. Il avait tâché plusieurs fois, durant la soirée, de lier conversation avec le comte ; mais il n'en avait obtenu que des ré-

ponses si froides et si sèches, qu'il s'était vu
contraint d'y renoncer. Se flattant d'être plus
heureux auprès de son fils, il s'était hasardé
à faire l'observation dont le jeune homme s'é-
tait montré indigné. Le pauvre M. Darte fit
alors un nouvel effort, et dit :

— J'espère, mon cher monsieur, que vous
excuserez la liberté que j'ai prise; mais sa seigneurie m'a semblé suivre une méthode si infaillible, que j'ai pensé que ce serait vraiment
dommage de ne point vous prévenir que vous
vous en écartiez.

—Maudite soit la méthode, monsieur, s'é-
cria le jeune homme; je n'entends parler que
méthode du matin au soir, et il jeta sur
M. Darte un regard fier et dédaigneux.

Mais M. Darte n'était pas homme à se décou-
rager si facilement; il ajouta : Ne pensez-vous
pas cependant que comme vous jouez pour sa

seigneurie et avec son argent, il serait juste de vous conformer à ses intentions.

— Grâce de vos avis, monsieur ! s'écria enfin le fils du lord, bouillant d'impatience. M. Darte déconcerté se tut et s'efforça de cacher son dépit en liant conversation avec plusieurs personnes de sa connaissance assises en face de lui.

La somme que le jeune homme avait risquée, s'élevant à peu près à la moitié du gain du comte, fut perdue. Dans le but, non-seulement de la rattraper, mais encore de se procurer un joli bénéfice, ce qu'il s'était proposé dès le premier moment, il en exposa une plus grande encore et eut la mortification de la voir ramasser par le croupier. Il devint inquiet, impatient, son capital diminuait visiblement et le comte pouvait rentrer d'un moment à l'autre ; que faire ? Un heureux paroli pouvait seul réparer ses pertes ; d'un air à la fois insouciant et exas-

péré, il jeta sur la rouge tout ce qui lui restait d'or et de billets de banque, et se tourna
d'un autre côté pour n'être point témoin du
coup.

—Deux! dit le croupier après avoir tourné le
premier rang des cartes pour la noire. Un
mouvement d'impatience de la part du jeune
homme témoigna du peu d'espoir qu'il conser-
vait; bientôt après un tout autre mouvement
exprima sa joie et sa satisfaction en entendant
la même voix ajouter : Un ! rouge gagne et la
couleur perd. Il se tourna pour recevoir son
argent.

—Quelle est la mise de Monsieur? demanda
le croupier, évidemment alarmé de la quantité
de billets qu'il était occupé à séparer et à compter avec son râteau, presque aussi promptte-
ment qu'un commis de banquier l'aurait fait
avec la main.

— Douze mille francs.

Les actionnaires se regardèrent avec surprise :—c'était une très forte mise pour un aussi jeune joueur, et la plus forte qu'on pût risquer sans y être autorisé. Il se fit un moment de silence tandis que le croupier comptait et payait les douze mille francs. — Messieurs, faites le jeu, s'écria enfin le banquier de ce ton monotone, familier à ces sortes de gens.

— Un moment, dit Henry, qui, animé par le succès, espérait que la fortune allait se déclarer en sa faveur, voulez-vous me permettre de jouer un coup de vingt mille francs?

Les propriétaires y consentirent après s'être consultés un moment et il jeta ses vingt mille francs sur la rouge.

Le banquier tourna lentement les cartes pour la noire. — Un ! s'écria-t-il à la fin. La physionomie des actionnaires en brilla de joie et celle des spectateurs en devint morne et silencieuse; car, intéressés ou non, chacun d'eux prend toujours parti contre la banque. Les cartes furent de nouveau tournées pour la rouge; quarante fut le résultat, et le râteau du croupier se dirigea vers les vingt mille francs.

— Arrêtez! dit un monsieur qui venait de vérifier le coup; on a fait erreur, il y a une dixième carte de trop sur la rouge, le coup est *trente et un après.*

Le banquier fronça les sourcils, se pencha vers la table, recompta les cartes et fut, quoiqu'à regret, forcé de convenir qu'il y avait erreur.

Le coup étant de trente et un pour les deux couleurs, la banque, d'après son privilége, avait droit à la moitié de tout ce qui se trouvait sur la table; mais le joueur était maître d'y laisser sa mise et de choisir la couleur. S'il gagnait, sa mise lui rentrait; s'il perdait, la banque s'emparait du tout.

Henry demeura fidèle à la rouge; elle gagna,

et le jeu resta ce qu'il était avant le coup de *trente et un après*.

— Si j'avais dix mille livres sterling, je les jouerais sur la rouge, s'écria M. Darte, s'adressant visiblement plus à son voisin qu'à lui-même; la série paraît parfaitement établie en sa faveur.

Le mépris qu'Henry avait conçu pour M. Darte s'étendit jusqu'à son avis, et avec un geste d'impatience, il prit les billets de banque qu'il avait déjà mis sur la rouge et les plaça sur la noire.

Les cartes furent tournées de nouveau : — Deux! dit le banquier d'une voix tremblante, et les actionnaires baissèrent la tête en silence.

— Il est heureux qu'il ait changé de couleur au bon moment, dit à un de ses amis, le monsieur qui avait vérifié le coup.

— J'en suis charmé, il joue hardiment et mérite de gagner.

—Un! rouge gagne et la couleur, continua le banquier d'une voix sonore. Le jeune homme se baissa pour vérifier le coup, plusieurs joueurs en firent de même; mais il n'y avait pas d'erreur à relever, et le croupier s'empara des vingt mille francs d'un air de triomphe et d'exaltation.

— Bien; et que pensez-vous de cela? demanda O'Sullivan à Arthur qui avait suivi de l'œil toute cette scène; je suis curieux de savoir ce que dira le comte lorsqu'il verra à son retour que tout son argent a passé dans les poches du banquier.

Arthur allait répondre, lorsque le lord entra et s'approcha de la table.

— Eh bien! Henry, mon fils, demanda-t-il d'un air joyeux et à demi-voix, avez-vous doublé mon capital, ainsi que vous me l'aviez promis?

— Comment trouvez-vous mademoiselle Julie? répondit le jeune homme sur le même ton.

— Charmante, en vérité: mais qu'avez-vous fait de mon or et de mes billets de banque, Henry?

— Demandez-le au croupier. J'ose dire qu'il vous montrera vos billets soigneusement placés l'un sur l'autre; quant à votre or, il y a long-temps qu'il a été se mêler à celui de la banque, et il montrait du doigt des monceaux de louis.

Le lord fronça les sourcils.—Certainement, Henry, vous n'avez pas fait la sottise de perdre tout mon argent; je vous ai laissé plus de quinze cents livres sterling.

— Il est vrai, et j'ai fait tout mon possible pour en faire trois mille; j'y serais parvenu sans l'avis officieux de ce monsieur que vous voyez assis à ma gauche.

— Et comment cela? dit le comte.

— J'avais placé mon argent sur la couleur gagnante, lorsque ce monsieur m'a conseillé indirectement de continuer à en agir de même, ce qui a suffi pour me faire changer à l'instant de côté; j'ai mis sur la noire, et j'ai perdu. Je désirerais, continua-t-il après une pause, que les donneurs d'avis fussent à tous les diables.

— Amen, dit sa seigneurie en étouffant un soupir. Ah! Henry, continua-t-il, vous êtes une mauvaise tête, et je ne pourrai jamais rien faire de vous. Mais c'est ma faute, car en vous cédant ma place, j'étais presque certain de ce qui est arrivé.

— Vous ne devez pas m'en vouloir, dit le jeune homme avec douceur, j'ai fait pour le mieux.

Le lord sourit et garda le silence; mais sa physionomie exprima un léger mécontentement.

— Je pense qu'il est véritablement malheureux, dit M. Darte en s'adressant de nouveau au jeune homme, que vous n'ayez point continué à suivre la rouge. J'ai compté les coups, et depuis *l'après* elle n'a pas moins passé de douze fois.

Cette assurance ne fit qu'accroître son ressentiment contre M. Darte, et il lui dit avec fierté :

— Puisque vous me forcez à vous adresser la parole, monsieur, je vous dirai que mes pertes n'ont été occasionées que par vous. Si vous aviez gardé vos conseils pour vous seul, j'aurais continué à suivre la rouge, et, au lieu de perdre trente mille francs, je gagnerais en ce moment une somme trois fois plus forte.

Rien ne pouvait être plus sévère que cette réponse, mais M. Darte n'était pas facile à intimider toutes les fois qu'il entrevoyait la moindre chance de lier connaissance avec une personne titrée. Il ajouta avec un demi-sourire :

— Dans tous les cas, je ne vous ai pas donné un mauvais conseil, mon cher monsieur : j'ai simplement observé d'ailleurs que si je possédais dix mille livres sterling, je les mettrais sans hésiter sur la rouge, et tout aussitôt vous avez joué sur la noire.

— Et cela, monsieur, dit le jeune homme en quittant son siége, parce que je n'ai pas l'habitude de suivre les avis des étrangers.

M. Darte le regarda s'éloigner d'un air surpris, et, se tournant vers son père, il lui dit, déterminé qu'il était à lui laisser connaître qu'il n'ignorait pas son rang :

— Je suis au désespoir, milord, d'être en quelque sorte la cause de la perte que votre seigneurie a éprouvée; mais je puis l'assurer que je n'ai donné cet avis que dans les meilleures intentions du monde.

— Vous êtes extrêmement poli, monsieur,

répondit le comte, sans même jeter les yeux
sur lui : veuillez croire que je n'accuse que
moi seul de la perte que j'ai supportée; et
laissant M. Darte aussi pétrifié de son froid
dédain qu'il l'avait été de l'insolente impétuosité de son fils, il passa dans la pièce voisine,
d'où Delmaine et O'Sullivan le virent sortir
l'instant d'après donnant le bras à mademoiselle Julie : et ainsi finit cette édifiante et singulière scène, digne sous tous les rapports du
lieu où elle se passait.

Après avoir montré à Arthur plusieurs autres personnes remarquables, O'Sullivan appela enfin son attention sur un grand monsieur
qui jouait des sommes beaucoup plus fortes
que celles que la banque admettait ordinairement ; il paraissait connu de tous ceux qui se
trouvaient dans la salle, quoiqu'il fût facile de
s'apercevoir à son air et à ses manières réser-
vées qu'il désirait et se flattait de ne pas l'être.

— Croiriez-vous bien, dit le capitaine, que c'est là le fameux R....., le grand agent de change de Londres.

— Comment! s'écria Delmaine, saisi de surprise, un homme à qui le bien-être de mille familles est confié, un homme qui jouit d'un crédit illimité peut-il risquer sa propre fortune et celle des autres à la rouge et noire ?

— Il en est ainsi, répondit O'Sullivan, et si vous aviez comme moi vécu pendant des années à Paris et fréquenté ces maisons, vous n'en seriez nullement surpris. Depuis 1815, ces tables ont été entourées de banquiers et de spéculateurs anglais qui ne se sont rendus dans cette capitale que dans le seul but de se livrer au jeu.

— Mais quels motifs raisonnables peuvent-ils avoir pour risquer non-seulement leur fortune, mais encore leur crédit, à la poursuite d'une gamme ou d'un système dont le résultat

est toujours douteux, lorsque, possédant d'immenses richesses, ils peuvent, s'ils sont dévo-
rés de la soif des spéculations, la satisfaire de
mille manières moins dangereuses?

— Pourquoi un libertin qui possède une
jolie femme convoite-t-il encore celle de son
voisin? Pourquoi un avare réduit-il ses ché-
tives dépenses en proportion de l'augmentation de sa fortune? observa O'Sullivan. C'est
l'effet de l'habitude et de la soif de l'or. Le
banquier est insatiable de spéculations; il ex-
ploite tout ce qui peut lui offrir du bénéfice,
et s'enrichit par mille moyens à la fois.

— Je pense cependant, continua Arthur,
que, restreints dans les mises comme ils le
sont par les règles du jeu, ils ne peuvent gagner, alors même que la chance leur serait
favorable, ce qui n'est pas toujours, que des
sommes bien faibles pour compenser le tort

que leur ferait leur imprudente conduite, si
elle venait à être connue.

— Cette crainte-là, dit O'Sullivan, est certainement celle qui les retient le plus et qui les
empêche de fréquenter les maisons de jeu de
Londres, où ils pourraient à chaque instant se
rencontrer avec des personnes dont ils font
valoir les fonds, ce qui les afficherait et leur
ferait perdre leur crédit. Mais à Paris, ils se
considèrent comme à l'abri de pareilles ren-
contres. Il arrive cependant quelquefois que
le mystère dont ils cherchent à s'entourer at-
tire sur eux l'attention, et les dévoile; mais
dans ce cas-là même, ils ne sont l'objet que
d'une simple curiosité, car personne n'est in-
téressé à leur manière de se conduire. Quant
à l'insuffisance de leur mise pour compenser
les risques qu'ils courent, vous êtes dans l'erreur si vous croyez qu'ils sont limités comme
les autres joueurs. Toutes les fois que les ac-

tionnaires rencontrent un individu possédant un large capital, et désireux de jouter avec la banque, ils ne refusent pas de risquer de fortes sommes, ce qui est décidément en leur faveur, puisque le joueur ne peut, dans ce cas, réparer ses pertes qu'en continuant à doubler et tripler sa mise pour se rattraper d'une seule fois. D'ailleurs, quand il y aurait autant de coups de gagnés que de perdus, le *trente et un après* doit nécessairement décider la question en faveur de la banque.

— Dans ce cas, observa Arthur, plusieurs de ces individus ont dû supporter de grosses pertes.

— Le plus grand nombre, après avoir enrichi les diverses banques de jeu de Paris avec les fortes sommes qu'ils avaient apportées avec eux, ont été obligés de repartir en toute hâte et de pallier leur banqueroute aux yeux de leurs commettans aussi bien que possible.

Quant à la personne que vous avez sous les yeux, son bonheur au jeu est aussi grand que ses richesses; il est depuis long-temps la terreur de la banque; il se rend de préférence dans cette salle; le bruit court qu'il en a remporté des sommes immenses. Sa mise est ordinairement, avec le consentement du banquier, de cinq cents à mille livres sterling, et jusqu'à présent il a toujours été si heureux que la banque cesserait volontiers la lutte si elle n'était soutenue par l'espoir que son bonheur aura une fin, et qu'elle regagnera tout ce qu'elle a perdu.

— Je comprends parfaitement, dit Arthur, qu'un simple particulier, riche et désœuvré, trouve quelque plaisir au jeu; c'est pour lui un moyen de se distraire, de se désennuyer et de passer le temps ; mais je ne puis concevoir qu'un homme dont les spéculations sont immenses, et dont le crédit est basé sur la

prudence qu'on lui suppose, puisse se com-
plaire à poursuivre à la rouge et noire quelques milles livres sterling, qui ne sauraient
d'aucune manière compenser le tort qu'une
pareille conduite fait à sa réputation. Croyez-
vous réellement que M. R*** s'imagine n'être
point connu des personnes qui l'entourent ?

— Il se comporte au moins comme s'il le
croyait ; mais s'il en était ainsi, la banque à
qui il n'est pas étranger, publierait son nom
et ses qualités pour se venger des sommes
qu'il lui gagne. Tout Paris, sait d'ailleurs que
le plus grand joueur chez Frascati, n'est
autre que le fameux capitaliste de Londres
M. R***, et quoique les petits journaux ne
l'aient pas encore publié, des centaines d'anglais le savent.

Ici O'Sullivan fut interrompu par un
monsieur qui le prit à part, et finit par l'entraîner à la roulette. Arthur demeuré seul

continua à fixer toute son attention sur le capitaliste. Il avait suivi avec succès une inter-
mittence de huit ou dix coups, et un grand
nombre de billets de banque s'élevaient confu-
sément devant lui. Il ne tarda pas à donner une
nouvelle preuve de l'entière prudence avec
laquelle il jouait, car, après avoir perdu les
deux coups suivans, il se retira aussitôt, dans
la crainte que la veine ne tournât contre lui.

—Qu'a-t-il gagné? demanda un des joueurs
un moment après son départ. Quatre-vingt
mille francs, répondit le banquier avec un
triste sourire qui, se réfléchissant sur la physionomie de tous les actionnaires, témoigna de
leur désappointement. Puis, fronçant les sourcils, croisant les bras et baissant la tête, il
demeura plongé dans un morne silence; toutes
les remarques que l'on continua à faire sur le
bonheur et la manière de jouer de M. R*** ne
purent lui arracher une parole de plus. Après

le départ de l'heureux et prudent capitaliste, Delmaine se dirigea vers la salle de bal et y rencontra de Forsac qui, prenant son bras, le ramena vers la rouge et noire.

— Je vous ai cherché partout. Eh bien, quelle est votre opinion sur le système? n'est-il pas excellent?

Arthur avoua que son attention avait été captivée ailleurs, et qu'il avait à peine observé les principes du jeu.

— Venez, dit de Forsac en se plaçant derrière une personne qui jouait à un louis la mise, nous avons ici une excellente occasion d'examiner le résultat. Arthur demeura attentif pendant deux coupes entières, et trouva le système infaillible.

— Quel dommage! dit de Forsac, que vous n'ayez point pris votre argent sur vous : vous auriez déjà gagné une forte somme, car ja-

mais la veine ne s'est plus que ce soir déclarée
en faveur du système.

— Oui, j'avoue que c'est une gamme excellente, et je regrette vivement d'avoir laissé
mes fonds chez moi.

— Si vous aviez suivi mon conseil, il n'en
aurait point été ainsi, observa de Forsac; cependant continua-t il en s'apercevant qu'Arthur jetait un regard d'envie sur l'or que le
banquier distribuait dans ce moment même
aux joueurs, il n'y a pas bien loin d'ici à la
rue de la Chaussée-d'Antin, et mon cabriolet
est à la porte.

— Mais, que dirai-je à Adeline? Vous savez
que je lui ai promis de ne pas jouer de la
soirée.

— Oh! rien ne vous empêche de tenir votre
promesse. Je jouerai pour vous.

— Mais, si je retourne prendre mon argent
elle me fera infailliblement une scène.

— Restez, dit de Forsac comme frappé d'une pensée soudaine : votre détermination pourrait être changée par les prières d'Adeline; écrivez-lui quelques mots et je les porterai moi-même.

Charmé de pouvoir se dérober à des reproches qu'il s'avouait mériter, et impatient de prendre part aux bénéfices qu'il voyait faire sous ses yeux, il sortit de sa poche ses tablettes et traça les lignes suivantes :

« Ma chère Adeline,

« Le système offre un avantage si grand, si infaillible, que tu me pardonneras si je commence à le suivre à l'heure même. Tu trouveras dans le secrétaire une bourse pleine d'or et des billets de banque, remets le tout entre les mains du marquis. Je t'embrasse comme je t'aime.

« Tout à toi,

« ARTHUR. »

Muni de ce billet , de Forsac promit de revenir aussitôt que possible , et montant à la hâte dans son cabriolet , il se rendit à la Chaussée-d'Antin. Minuit était sonné lorsqu'il y arriva.

XV

Lorsque la jeune pensionnaire est rendue à sa famille, elle n'est plus qu'un
diable aux yeux baissés.

Madame Morincour, vaine et coquette de sa
nature, ne s'était fait nul scrupule, dès l'instant de son mariage, de tromper en secret un
homme qu'elle n'avait jamais aimé ; mais, peu
soucieuse des conséquences, elle jeta entière-

ment le masque à la mort du colonel, et ses intrigues d'amour firent tant de bruit qu'elle se vit insensiblement repoussée par cette société où le rang du colonel son époux l'avait appelée. Irritée de ces dédains, ainsi que la plupart des femmes dans sa position, elle ne s'en abandonna que davantage à la dissipation et aux plaisirs. Les salons d'écarté lui étaient ouverts, elle y rencontra un grand nombre de jeunes dames que les aventures galantes avaient aussi fait exclure des cercles où on les avait autrefois fêtées et recherchées. Madame Morincour en fut reçue avec cette joie maligne qu'éprouvent les victimes du vice ou du sort à voir leur nombre se grossir. Mais ce qui blessa le plus sa vanité et son orgueil, fut le ton leste et dégagé que prirent avec elle les hommes qu'elle avait souvent rencontrés dans les cercles les plus brillans de Paris, et qui alors s'estimaient fort heureux d'obtenir

d'elle un sourire ou un regard ; cependant,
comme rien au monde n'était capable de faire
une profonde impression sur une femme
comme madame Morincour, elle se fit bientôt
à son nouveau genre de vie, se plongea dans
les distractions et les plaisirs, et ne tarda pas
à recueillir le fruit de ses veilles et de sa conduite
dissipée ; sa beauté s'évanouit, son teint
se bourgeonna, ses adorateurs se montrèrent
moins empressés, et elle entendit le mot d'amitié,
si terrible à l'oreille d'une femme à
prétentions, remplacer celui d'amour. Alors,
la passion du jeu qui n'avait été chez elle que
secondaire, s'empara entièrement de son ame,
et elle y consacra tous ses instans. Le jour la
retrouvait souvent assise à une table d'écarté.
Il n'est pas de fortune que ne puisse anéantir
cette passion effrénée et fatale, et madame
Morincour ne tarda pas à s'apercevoir qu'elle
avait dissipé tout ce que lui avait laissé son

mari. Dans cette extrémité, elle eut recours aux emprunts, mais comme elle ne rendait jamais, cette ressource fut bientôt épuisée. Que faire ? il ne lui restait que la petite pension que lui avait accordée le gouvernement, et la soif du jeu la dévorait... Soudain un trait de lumière brilla à ses yeux comme un rayon d'espérance. Elle voyait un grand nombre de jeunes filles présentées par leur mère dans les salons d'écarté ; elle les voyait recherchées, courtisées par des hommes puissans et riches, qui parfois leur faisaient un sort heureux. Sa fille aînée Adeline était alors dans un couvent où elle recevait une éducation distinguée. Adeline était belle et avait dix-sept ans, madame Morincour sourit à la perspective qui s'offrait à elle et s'empressa de lui faire quitter son couvent.

Enchantée de l'idée de voir le monde, Adeline s'empressa d'obéir avec toutela joie de

son âge. Il y avait un an que sa mère ne l'a-
vait vue et elle était si fort embellie depuis,
que madame Morincour s'en trouva fière et
heureuse ; elle se sourit à elle-même en pensant au pouvoir que cette jeune enchanteresse
allait exercer sur l'homme riche et voluptueux
du grand monde. Insensiblement, elle lui fit
part de ses projets, lui insinua ses principes,
et lui fit envisager la misère qui les attendait
toutes deux si elle refusait de partager ses vues.
D'abord Adeline l'écouta les yeux baissés et
les joues couvertes d'une vive rougeur,
mais quoiqu'en apparence modeste et timide, elle avait hérité de toutes les passions violentes de sa mère, et son éducation
de couvent n'avait contribué qu'à allumer ses
sens et à enflammer son imagination. On l'a
dit cent fois inutilement, et je le répéterai de
même, c'est aux années que les jeunes filles
passent dans les pensions et dans les couvens

où la plus grande surveillance ne peut empêcher qu'elles ne se gâtent et ne se corrompent
les unes les autres, que l'on doit attribuer les
égaremens de la plupart des femmes. Parmi
celles qui sont vertueuses, les trois quarts ont
été élevées dans leur famille, et c'est parmi
ces dernières que je conseille à tout honnête
homme de choisir son épouse. Je pose en fait
qu'une jeune pensionnaire de dix ans est tout
aussi mauvais sujet que le plus mauvais garne-
ment du collège de Louis-le-Grand ; plus tard,
lorsqu'elle sera rendue à sa famille, elle ne sera
qu'un diable aux yeux baissés.

Préparée par sa mère aux scènes qui l'attendaient, et bien instruite par elle à n'encou-
rager les attentions que de ceux qui se faisaient
remarquer par leurs richesses et par la considération dont ils jouissaient, Adeline parut
dans les salons d'écarté, brillante de beauté,
de jeunesse, et entourée de l'attrait et du pres-

tige si puissants, si irrésistibles de la nou-
veauté. Ainsi que madame Morincour l'avait
bien prévu, elle fit une grande sensation et
excita le plus vif intérêt. On ne parla pendant
quelque temps que de la belle pensionnaire,
on n'admira qu'elle, on ne s'occupa que d'elle.
Des hommes du plus haut rang se rangèrent
parmi ses adorateurs, et entre autres un célèbre comte russe, dont l'admiration pour le
beau sexe ne pouvait être comparée qu'à sa
magnificence et à sa libéralité. Madame Morincour avait jeté sur lui un œil de préférence, car
elle n'ignorait pas qu'il avait non-seulement les
moyens, mais encore l'intention de faire à sa
fille un sort qui les aurait rendues toutes deux
indépendantes et heureuses pour le reste de leur
vie. Adeline fut donc prévenue de ne pas laisser
perdre une si belle occasion, et le comte se montra si assidu, si passionné, ses attentions furent
si bien encouragées par Adeline, que le reste

de ses adorateurs se retira ; un seul cependant
ne se rebuta point, aucun obstacle ne paraissait l'intimider, et son ardeur semblait s'accroître du zèle que madame Morincour mettait
à le repousser ; déjà, par le charme de ses
discours, il était parvenu à enflammer l'imagination de la jeune fille et à faire naître dans
son cœur un vif intérêt pour lui.

Parmi le nombre des jeunes élégans que
madame Morincour avait connus à son entrée
dans le monde, et qu'elle rencontrait maintenant dans les salons d'écarté, se trouvait le
marquis de Forsac. A l'époque de son mariage,
il était considéré comme le jeune homme le
plus accompli et le plus aimable des cercles
dont il faisait l'ornement ; ami intime de son
mari, elle le voyait presque tous les jours chez
elle. Pour une femme telle que nous avons
dépeint madame Morincour, un homme de ce
caractère ne pouvait manquer d'être extrême-

ment dangereux. On avait beaucoup parlé de
leur mutuelle passion ; une rupture s'en était
suivie entre le jeune marquis et le colonel, et
l'empressement que de Forsac avait mis à rejoindre son régiment avait donné lieu à mille
conjectures.

Cependant, lorsqu'ils se rencontrèrent dans
les salons d'écarté, ce ne fut que comme d'anciens amis. Madame Morincour n'avait pas
tardé à découvrir que la fortune du marquis,
autrefois si brillante, était réduite presque à
rien, et elle avait trop de pénétration pour ne
point s'apercevoir qu'il était souvent contraint
d'avoir recours à des expédiens pour sauver
les apparences ; ce ne fut donc pas sans la plus
grande consternation que, dès l'introduction
d'Adeline au milieu de ces cercles brillans,
elle la vit suivie pas à pas par celui qui de tous
ses adorateurs pouvait le moins réaliser les

songes de fortune dont elle avait bercé son imagination.

De Forsac possédait le grand art de plaire, et quoique les années lui eussent porté quelque atteinte, il était encore fort bien de sa personne; mûri par le temps et l'expérience, il avait acquis une profonde connaissance du cœur humain; madame Morincour le savait, et aussi s'efforça-t-elle de l'éloigner de sa fille; mais tous les artifices auxquels elle eut recours devinrent inutiles par la ruse et l'adresse du marquis; s'apercevant enfin qu'Adeline s'était passionnée pour lui, elle cessa son opposition, mais ce qui l'y détermina surtout, fut le départ soudain du prince russe, qui, avant de quitter Paris, fit cadeau à Adeline d'une magnifique parure de diamans. Le champ demeura alors ouvert à de Forsac, car sa réputation de succès auprès du beau sexe était trop bien établie pour qu'on tentât de

devenir son rival, et madame Morincour vit
avec désespoir que plusieurs personnages riches
et puissans qui auraient fait de grands sacri-
fices pour sa fille, se retiraient découragés
par l'obstination du marquis, dont elle consentit enfin à accepter dix mille francs; c'était
une bien forte somme pour de Forsac, mais
sa passion excitant toute l'énergie de son esprit, fécond en ressources, il réussit enfin à se
les procurer de Pierre Godot. Il lui fit croire
qu'il était sur le point de se marier à une
jeune anglaise extrêmement riche, et s'engagea
à les rembourser après son mariage.

Revenue de ses premières illusions, Adeline
ne tarda pas à reconnaître le malheureux choix
qu'elle avait fait, car le marquis jeta bientôt
le masque et se montra tel qu'il était, c'est-à-
dire égoïste, sensuel et dépravé. Adeline sentit
alors que son imagination avait été enflammée,
que ses sens avaient été séduits, mais que son

cœur était demeuré libre de toute affection ;
elle s'en réjouit et montra à de Forsac une indifférence égale à la sienne. C'en était assez
pour alarmer l'amour-propre du présomp-
tueux et inconstant marquis ; à peine recon-
nut-il que sa conquête lui échappait, qu'il mit
tout en œuvre pour reprendre son empire sur
elle, mais c'était trop tard, le charme était détruit ; tous ses efforts furent vains. D'autres
adorateurs l'entourèrent, mais la froideur avec
laquelle elle les traita les eut bientôt éloignés.
Madame Morincour tempêta, menaça, supplia,
tout fut inutile. Adeline demeura inébranlable, trompée dans ses affections pour la seule
personne qu'elle avait cru aimer, elle ne voulait plus former aucune autre liaison de ce
genre. Cependant, bien qu'elle résistât aux
nouvelles tentations qui l'assiégeaient, ses
passions n'en étaient pas moins vives, son imagination moins ardente, et alors que Delmaine

la vit pour la première fois sur les boulevards, la gaîté naturelle de son caractère avait été remplacée par un air de langueur et de mélancolie provenant de la profonde indifférence de son cœur pour tout ce qui l'entourait, et du besoin d'aimer qui se faisait néanmoins vivement sentir à elle.

Frappée de l'air et de la physionomie de Delmaine, dont le regard sembla deviner son âme, elle conçut subitement pour lui une violente passion, et sentit que cet amour allait décider du destin de sa vie. Elle s'efforça aussitôt de dissimuler à de Forsac ce qu'elle éprouvait, mais nous avons vu que le marquis la devina et laissa éclater son mécontentement.

Elle n'avait observé qu'avec un profond chagrin l'espèce d'intimité qui semblait régner entre miss Stanley et Delmaine, et avait deviné du premier coup-d'œil qu'ils s'aimaient. Déjà

elle songeait avec désespoir au peu de probabilité qu'il y avait qu'elle rencontrât jamais
autrement que par hasard et en public celui
qu'elle adorait déjà ; qu'on juge donc du bonheur qu'elle ressentit lorsque, revenant de
la terreur où l'avait jetée son accident, elle
se trouva soutenue dans les bras de celui dont
l'image venait de se graver dans son cœur....
De retour chez elle, elle ne pensa, elle ne rêva
qu'à lui. La personne d'Arthur était le beau
idéal de l'amant qu'elle s'était créé dans la solitude du couvent. L'expression de ses traits,
qu'elle se rappelait avec délices, lui révélait
une ame, et l'ame qu'il fallait à la sienne;
mais elle était encore bien loin de s'imaginer
que la plus grande intimité allait bientôt régner entre eux, et cela par les soins de l'homme
qu'elle croyait le plus opposé à son amour.

Nous avons déjà vu le plan de conduite que
s'était tracé de Forsac, ce jour même, à l'égard

de miss Stanley; nous l'avons vu s'efforcer de s'introduire chez elle et de devenir l'ami d'Arthur, qu'il entraîna chez Astelli; il nous reste encore quelques détails à donner sur les moyens qu'il employa pour arriver à son but.

Ce fut un jour ou deux après avoir été présenté chez les Stanley, qu'il se rendit chez Adeline Morincour; il la trouva excessivement pâle et occupée à dessiner une petite miniature dans laquelle il reconnut les traits de Delmaine; son amour-propre en fut blessé, car il ne pouvait souffrir qu'une femme qu'il avait aimée s'occupât d'un autre que de lui. Il laissa vivement éclater sa jalousie, déclama contre l'inconstance et la perfidie du sexe, et dit mille autres choses toutes aussi neuves, jusqu'à ce qu'il eût assouvi sa fureur. A la fin, après un long combat entre son intérêt et son orgueil, s'apercevant qu'Adeline était demeurée insensible à toutes ses observations, il lui demanda du ton d'une fureur concentrée :

— Seriez-vous véritablement passionnée pour cet anglais ?

Adeline garda le silence.

— Que ferez-vous pour moi, continua-t-il, si je vous fais faire sa connaissance ?

L'air indifférent de la jeune fille se changea soudain en celui du plus profond intérêt, elle jeta sur lui un regard qui exprimait à la fois son impatience et ses doutes.

— Écoutez, continua-t-il après une pause, pourvu que vous entriez dans mes plans, je suis prêt à favoriser les vôtres; je connais cet anglais, et je puis vous le faire rencontrer toutes les fois qu'il me plaira. Un vif incarnat remplaça la pâleur d'Adeline, un éclair de plaisir brilla dans ses yeux, et elle dit avec vivacité : serait-il bien possible ?

De Forsac qui l'observait attentivement

mordit ses lèvres de rage. — Vous semblez prendre un bien vif intérêt à cet étranger, observa-t-il avec amertume.

Adeline se tut, car elle sentait qu'il serait impolitique de l'irriter dans ce moment.

— Depuis quand ne l'avez-vous vu ? continua-t-il du même ton.

— Depuis le jour des funérailles.

—Cependant, et il prit la miniature du bout des doigts, comme s'il avait craint de se souiller par son contact, pour ne l'avoir vu qu'une seule fois vous paraissez avoir conservé de ses traits un souvenir bien fidèle, et d'un air de doute, il fixait sur elle un regard pénétrant.

— Vous savez qu'il m'a sauvé la vie, observa la jeune fille avec douceur, car elle craignait, en l'offensant, de lui faire changer d'idée.

— Oui, en sautant par une fenêtre, absolument comme un héros de roman, dit de Forsac avec un sourire moqueur, et vous qui sans doute dans votre couvent charmiez vos loisirs par la lecture des hauts faits des preux du moyen-âge, vous ne pouvez moins faire, en véritable héroïne, que de payer de votre personne le saut périlleux de cet imbécile d'anglais.

—Est-ce là tout ce que vous avez à me dire, demanda Adeline avec une indifférence affectée? et elle se leva.

—Un moment, dit de Forsac en la retenant par les plis de sa robe et en la forçant de se rasseoir, je vous ai déjà fait observer que pourvu que vous consentissiez à favoriser mes desseins, je m'empresserai de vous le présenter.

— Et vos desseins, quels sont-ils? demanda-t-elle vivement.

— Avez-vous observé la jeune miss qui se trouvait auprès de lui?

— Oui, dit Adeline, eh bien?

— Votre cher Anglais est son amant. Il

fixa les yeux sur elle, et la vit changer de couleur.

— Cependant, continua-t-il, si vous voulez faire tout ce qui dépendra de vous pour le détacher d'elle, je ne désespère pas du succès. Si vous avez vos vues sur le gentleman, j'ai les miennes sur la jeune lady.

— Je vous en prie, expliquez-vous : je ne comprends pas où vous en voulez venir.

— Écoutez-moi, dit le marquis, en se rapprochant d'elle. Si du premier coup d'œil vous avez conçu une fantaisie pour le godem, j'ai de mon côté conçu un violent caprice pour sa jolie compagne; depuis j'ai cherché à me faire présenter chez elle, j'y suis parvenu, et vous voyez maintenant en moi le favori de cette petite société, sans en excepter même votre pauvre chevalier, qui ne songe guère au service que je veux lui rendre. Il paraît cependant qu'il ne vous a point vue avec indifférence, car

la nuit dernière je l'ai adroitement sondé sur
ce sujet ; il a les passions violentes , et il est
plein d'amour propre et de vanité. Ne me regardez pas ainsi d'un air incrédule. Je répète
que rien n'égale sa vanité, et c'est sur elle que
je base tout le succès de mon plan. Je vous le
présenterai, et vous employerez tout votre art
pour le séduire, le captiver, tandis que je
m'efforcerai d'amener une rupture entre lui et
ses amis. Dans le cas d'une liaison avec vous ,
appliquez-vous surtout à vous montrer en public avec lui aussi souvent que possible; il n'est
pas d'autre moyen de le détacher de son anglaise.

Adeline hésita. — Mais pourquoi, demanda-t-elle après un court silence, sa rupture
avec ses amis doit-elle résulter de sa connaissance avec moi ?

— Me croiriez-vous , par hasard assez sot,
répondit de Forsac d'un air moqueur, pour

vous présenter mon rival , si je n'espérais en retirer le plus grand avantage? Vous imagineriez-vous, par hasard, qu'après la préférence insultante que vous lui avez accordée sur moi , je ne chercherai pas à lui faire tout le mal possible? Décidez-vous donc ; car si vous refusez, je trouverai facilement quelqu'autre qui sera trop heureuse de contribuer à la réussite de mes plans. Y consentez-vous, oui ou non?

— J'y consens , dit Adeline; je vous promets de faire tout ce qui dépendra de moi pour favoriser vos projets.

— C'est bien , dit de Forsac d'une voix plus douce; mais ce n'est pas tout. Il est riche, généreux , ardent , et peut être facilement entraîné au jeu. Le marquis s'arrêta pour voir si elle l'avait compris.

— Que voulez-vous dire? expliquez-vous.

De Forsac hésita et parut embarrassé.

— Vous aurez une grande influence sur ses

actions, dit-il enfin, et quelques milliers de francs qui passeraient de ses poches dans les nôtres ne pourraient lui faire un bien grand tort.

— Jamais! s'écria Adeline indignée, avec une énergie qui étonna le marquis, jamais je ne me prêterai à rien d'aussi bas, d'aussi infâme; jamais je ne contribuerai à la ruine d'un homme que j'aime. J'ai cru d'abord, continua-t-elle, que je ne vous avais pas bien compris; mais je m'aperçois maintenant, que vos intentions ne sont que trop claires.

— N'en parlons plus, dit de Forsac avec une feinte indifférence, nous reviendrons sur ce sujet une autre fois; mais quant à ma première proposition, puis-je compter sur vous?

— Vous avez ma promesse.

— N'est-ce pas un jour de cette semaine qu'Astelli doit donner son grand bal?

— Demain soir.

—· Eh bien, demain soir, si possible, je vous le présenterai. Rendez-vous tantôt chez Astelli pour la prier de lui envoyer un billet d'invitation ; voici son adresse, et il lui remit une carte. Puis, tirant de son portefeuille la lettre qui devait triompher des scrupules d'Arthur, il la donna à copier à la jeune fille, en lui recommandant de la lui renvoyer par la petite poste. Ayant ainsi tout préparé pour la réussite de son plan, il se retira, satisfait et jouissant d'avance du succès de ses perfides machinations.

Nous avons déjà vu comment Arthur se brouilla avec tous les siens et l'empire qu'A-deline prit sur lui. Le bonheur de cette jeune fille n'était cependant pas sans mélange, elle craignait toujours qu'il ne vînt à apprendre sa complicité dans les intrigues du marquis et que son amour pour elle ne s'en altérât. Cette idée la plongeait souvent dans la plus pro-

fonde mélancolie et donnait lieu à ces accès
de tristesse qui affligeaient si vivement Arthur.
Une autre cause y contribuait encore. Ayant
pour lui l'attachement le plus vrai, le plus
profond, elle était jalouse de son estime, et
craignait de la perdre; s'il venait à découvrir
son ancienne liaison avec le marquis; ce fut
ce qui l'engagea chez madame Derval à supplier Arthur de ne point lier connaissance avec
la belle étrangère qu'elle savait être son en-
nemie mortelle. Plusieurs fois, dans le cours
de son intimité avec Arthur, elle fut sur le
point de lui avouer tous les événemens de sa
vie passée; mais elle s'arrêta toujours, retenue
par la crainte de perdre son affection qui était
devenue nécessaire à son existence. Elle vivait
dans une appréhension continuelle, et les va-
gues soupçons qu'elle voyait s'élever de temps
à autre dans l'ame de son amant la rendaient
malheureuse. La dernière fois que le marquis

vint les voir tandis qu'ils déjeunaient, elle fut si indignée de sa conduite, qu'elle résolut de tout dévoiler à Arthur; mais, au premier mot qui lui échappa, il se montra si emporté, si furieux, qu'elle n'eut pas le courage de poursuivre et se renferma de nouveau dans le cruel silence qui devait lui être si funeste. Hélas! pauvre Adeline! son caractère n'est point une fiction que crée ma plume capricieuse : elle a véritablement existé, je l'ai connue. Dieu! qu'elle était sensible et belle! elle méritait de vivre, d'être heureuse; mais n'anticipons pas sur les événemens.

XVI.

> Il trembla, comme celui qui
> craint la foudre tremble à la vue
> de l'éclair.

Après le départ d'Arthur, Adeline demeura
livrée aux réflexions les plus cruelles, elle ne
pouvait bannir de son cœur les sombres pressentimens qui l'assiégeaient: vainement, dans le
but de se distraire, sonna-t-elle sa femme de

chambre; l'insipide bavardage de cette jeune
fille ne fit qu'accroître davantage l'état de
malaise où elle était plongée, et elle la renvoya
presque aussitôt. Puis s'asseyant, triste et
pensive, auprès du feu, elle jeta à chaque
instant les yeux sur la pendule dont les aiguilles lui semblaient parcourir le cadran avec
une mortelle lenteur. Delmaine lui avait promis de rentrer à minuit, et plus cette heure
approchait, plus son cœur battait avec violence. Mais, lorsque minuit sonna sans ramener
l'objet de son attente, chaque vibration du ba-
lancier ne retentit plus à son oreille que comme
un glas funèbre. Le morne silence qui régnait
autour d'elle ne faisait qu'accroître sa profonde terreur; elle se sentait trempée d'une
sueur froide, elle se sentait défaillir. D'une
main tremblante elle se versa quelques
gouttes de liqueur qui, en ranimant ses sens,
réveillèrent aussi toutes ses craintes. Dans ce

moment elle crut entendre frapper à la porte
de l'antichambre, son cœur battit avec violence, elle écouta sans oser respirer ; elle ne
se trompait point, on frappa de nouveau et
l'on agita la sonnette.

— Dieu merci ! le voilà, s'écria-t-elle, et un
poids énorme sembla se soulever de dessus sa
poitrine. Oh ! mon ami, continua-t-elle en
jetant les bras autour de la personne qu'elle
vit entrer, que n'ai-je pas souffert depuis votre départ ? Je craignais bien que vous ne re-
vinssiez jamais.

Sans prononcer une seule parole, on répondit avec ardeur à sa douce pression. Dans sa
hâte à aller ouvrir, elle n'avait pas songé à
prendre une lumière, et l'antichambre était
trop obscure pour qu'elle pût distinguer les
objets. Alarmée de ce silence, elle se dégagea
des bras qui s'efforçaient de la retenir, en s'é-
criant : — Parlez, n'êtes-vous point Delmaine ?

— Non, je ne suis pas Delmaine, murmura
une voix d'un ton piqué et passionné à la fois;
mais quelqu'un qui dans ce moment peut se
montrer tout aussi tendre, tout aussi amou-
reux que lui; et tandis que ces paroles frap-
paient d'étonnement la jeune fille, une main
téméraire parcourait les riches contours de sa
délicieuse personne.

Adeline reconnut à l'instant la voix de de
Forsac; épouvantée et indignée à la fois, elle
fit un nouvel effort pour se dégager.

— Allons, dit de Forsac d'un ton railleur,
en cessant de la retenir, à quoi bon se débat-
tre ainsi? Nous nous connaissons assez, il me
semble, pour en agir autrement.

Adeline ne lui répondit rien, et s'empressant de regagner son appartement, elle
s'efforça d'en fermer la porte; mais ce fut en
vain, car le marquis, qui l'avait suivie de

près, l'en empêcha en plaçant son pied contre la cloison.

— Monsieur de Forsac, s'écria-t-elle alors d'un ton de dignité, quittez cet appartement sur-le-champ, ou je vais sonner les domestiques.

— Vraiment! dit le marquis avec un sourire amer, et, s'emparant d'une paire de ciseaux qu'il aperçut sur une table, il coupa le cordon de la sonnette et le jeta à ses pieds; tenez, sonnez maintenant autant qu'il vous plaira.

Adeline fut épouvantée de sa manière d'agir qui lui parut plus déterminée que jamais; tremblante, elle se jeta sur le sofa, et fondit en larmes.

— C'est absolument une Niobé en pleurs, dit le marquis d'un ton d'emphase, et il ajouta : Il fut un temps où, si je ne me trompe, j'étais reçu avec un doux sourire et avec amour; mais n'importe : souriante ou en pleurs, vous n'en êtes pas moins un objet de désirs, et il s'assit auprès d'elle sur le canapé.

— Monsieur de Forsac, s'écria Adeline en se levant aussitôt, quoique son émotion fût si grande qu'elle avait peine à se soutenir, retirez-vous à l'instant même ; et dans le but de l'épouvanter elle ajouta : J'attends M. Delmaine à chaque instant, et vous pouvez bien être persuadé que votre présence ici à une pareille heure ne trouvera pas d'excuses à ses yeux.

De Forsac mordit ses lèvres de rage, et un éclair de fureur brilla dans ses yeux. Maudit soit Delmaine ! maudite soit l'heure où je vous l'ai présenté. Si vous saviez combien je l'abhorre, vous n'oseriez pas prononcer son nom en ma présence.

Adeline se sentit frémir.

— Mais, continua le marquis, passant du

ton de la fureur à celui de la railterie, supposez que je me présente ici comme un de ses
envoyés ; supposez que je porte un ordre de
votre seigneur et maître, à son esclave sou-
mise, et, tirant le billet de sa poche, il le lui
remit.

Adeline, après l'avoir lu, le jeta au loin avec
un mouvement d'impatience, et, couvrant
son charmant visage de ses deux mains, elle
pleura plus amèrement que jamais. Le
cœur de Forsac était déchiré par la jalousie
et par la rage ; il se repaissait des souffrances de la jeune fille, sa seule consolation dans ce moment était de la voir malheureuse.

— Eh bien ! s'écria-t-il enfin, vous décide-
rez-vous à exécuter l'ordre que je vous apporte?
Et son regard et le son de sa voix témoignaient
que son intérêt seul l'avait porté à faire cette
démarche.

— Tout cela est votre ouvrage, dit Adeline en sanglotant, c'est vous qui lui avez conseillé d'en agir ainsi ; comment ne rougissez-vous pas de machiner la ruine d'un homme dont vous vous dites l'ami?

— L'ami! répéta de Forsac avec fureur, je n'ai jamais été son ami, je l'ai détesté dès le premier moment où je l'ai vu, je le déteste aujourd'hui plus que jamais. Croyez-vous que je puisse oublier l'insulte qu'il m'a faite ce matin, dans cette même chambre? Croyez-vous que je sois assez faible pour lui pardonner l'humiliation qu'il m'a fait endurer? N'ai-je point été forcé par la violence de ses manières d'avoir recours au mensonge pour m'excuser, et d'abaisser mon orgueil devant le sien? Écoutez-moi, continua-t-il en s'apercevant que la jeune fille s'éloignait de lui avec dégoût, vous me connaissez assez pour savoir que je ne suis susceptible d'aucun de ces chevaleresques et ridicules sentimens que le monde se plaît à décorer du nom de courage, d'honneur, de vertu. Il y a long-temps que vous savez que je ne suis point assez romanesque pour m'exposer à me faire mettre une balle dans la tête, en marchant ouvertement vers le but que je puis obtenir sans aucun péril, par des moyens détournés, et pour cela vous me méprisez, folle que vous êtes. Mais que m'importent votre estime et votre amour, pourvu que vous me laissiez m'enivrer une fois encore des charmes de votre personne.

Il y avait quelque chose d'effrayant dans ses manières et dans le son de sa voix, Adeline en fut épouvantée; mais lorsqu'il se leva du canapé et jeta les bras autour de sa taille, elle fit un mouvement pour gagner sa chambre à coucher, et appela à grands cris sa femme de chambre.

—Silence! dit de Forsac en la retenant violemment, vous pourriez appeler jusqu'à demain sans être entendue. Votre femme de chambre est chez le portier, où je lui ai ordonné de rester jusqu'à mon retour. Cependant vous n'avez aucun sujet d'alarme, je ne vous demande pour le moment que l'argent que je suis venu chercher.

Dans l'espoir qu'il se retirerait aussitôt , Adeline prit dans le secrétaire la bourse qu'Arthur lui demandait et la remit au marquis; mais, comme il ne se disposait nullement à la quitter, elle lui dit : Si vous demeurez plus long-temps, votre absence sera remarquée, et Delmaine, ne sachant à quoi attribuer votre retard , viendra lui-même en savoir la cause.

Dans les efforts qu'elle avait faits pour se dégager de ses bras, ses cheveux s'étaient détachés et tombaient par grosses boucles sur ses joues enflammées; ses vêtemens étaient dans le plus voluptueux désordre, et tout en elle ne pouvait qu'exciter violemment les désirs du marquis, dans lequel il parut s'opérer une révolution subite.

— Adeline, dit-il, de ce son de voix qu'il savait rendre si doux, qui ne contrasta que davantage avec la fureur qu'il venait de montrer, écoutez-moi un moment, et je vous obéirai; écoutez ce que j'ai à vous dire, et ensuite, si vous le désirez, je cesserai de vous importuner de ma présence; et la prenant par la main, tandis que ses regards se fixaient sur elle avec toute l'ivresse de la passion, il la força à s'asseoir auprès de lui.

— Adeline, lorsque je vous ai connue pour la première fois, vous étiez jeune et sans expérience; vos charmes n'étaient pas encore développés, votre imagination ne l'était pas non plus. Oh! si vous aviez été telle que je vous vois aujourd'hui, je vous aurais aimée avec passion

avec fureur, comme je vous aime à présent.
Pouvez-vous être étonnée que je déteste cet
Anglais? pouvez-vous bien paraître surprise
que j'abhorre celui qui m'a remplacé dans votre
affection, celui qui s'enivre chaque jour du
bonheur d'être aimé de vous? Et en parlant
ainsi, il la serrait passionnément contre son
cœur, en dépit de ses efforts pour l'en empêcher.

— Je ne vois que trop que vous ne m'aimez
plus, ajouta-t-il en la retenant auprès de lui;
mais qu'importe? je n'ambitionne pas votre
amour, je n'ambitionne pas la possession ex-
clusive de vos charmes; que toute votre tendresse soit réservée pour un autre si vous le
désirez; mais laissez-moi...

Il s'arrêta et son regard exprima sa pensée
beaucoup mieux que n'auraient pu le faire les
paroles.

— Maudite soit l'heure où vous avez acquis

le droit de m'insulter par un aussi odieux langage! s'écria Adeline indigné; elle tenta de se lever, mais de Forsac la retint violemment, et elle fondit en larmes.

—Encore un mot, et j'ai fini, continua-t-il : vous savez le but que j'avais en vue en introduisant Delmaine auprès de vous. Ce but, je l'ai obtenu; je suis l'amant favori de la jeune personne, aucun obstacle ne s'oppose plus à notre union; sa fortune est grande, et vous savez que ce n'est pour moi qu'un mariage de convenance; six mille francs de rente vous seront assurés pour la vie, voulez-vous être à moi à ces conditions? Rappelez-vous, continua-t-il en lisant sur sa physionomie la plus vive indignation, rappelez-vous que Delmaine est brouillé avec son oncle et qu'il est déjà plus d'à demi ruiné.

— Eh bien! je partagerai son sort, s'écria Adeline avec émotion; hélas! si le malheur le

menace, qui en accuser, si ce n'est votre perfidie?

— Vous pouvez continuer d'être à lui, si
telle est votre infatuation, dit le marquis;
mais pourquoi ne seriez-vous qu'à lui seul? Si
vous l'aimez véritablement, Adeline, vous devez étudier ses intérêts. Rappelez-vous les lettres de change qui sont entre les mains de
Pierre Godot. D'un seul mot je puis l'envoyer
à Sainte-Pélagie.

— Monstre! s'écria la jeune fille avec énergie et en essuyant ses larmes, je ne veux plus
avoir le moindre rapport avec vous, et s'apercevant qu'il souriait d'un air moqueur, elle
ajouta : N'ayez point une aussi grande confiance dans votre pouvoir sur moi; cette nuit
même j'avouerai à Arthur tout ce qui s'est
passé entre nous; j'aime mieux m'exposer à
son mépris, à ses dédains, que d'être réduite
à supporter plus long-temps votre présence.

Songez, vous aussi, continua-t-elle d'un air de fierté que le marquis ne lui avait jamais vu prendre, que s'il est menacé de perdre sa liberté il saura à qui il en est redevable ; vous aurez alors à lui en rendre raison ; et elle ajouta d'un air de mépris : Votre lâcheté m'est trop connue pour que je puisse hésiter à faire tomber sur vous tout le poids de sa colère.

De Forsac parut pétrifié. Dans tout autre moment un pareil langage aurait suffi pour l'intimider et l'éconduire ; mais il avait savouré des yeux les charmes d'Adeline, ses sens en étaient enivrés ; tout entier à ses désirs voluptueux, il avait même oublié sa prudence et ses craintes.

— Jeune fille, s'écria-t-il en jetant de nouveau le masque, seriez-vous assez folle pour croire que je puisse jamais me repentir de ce que j'ai fait ou dit ? Non, je ne cherchais qu'à vous séduire par de belles paroles et à faire partager à vos sens l'exaltation des miens ; mais maintenant, en dépit de votre Delmaine et de l'enfer, vous serez à moi une fois encore.

Adeline s'élança de dessus l'ottomane et chercha un refuge dans son cabinet ; mais de Forsac la suivit de trop près pour qu'elle en pût fermer la porte ; sa chambre à coucher, qui était à la suite, donnait sur un escalier dérobé, et elle espérait, au milieu de l'obscurité, trouver le moyen de s'enfuir. Le marquis marchait sur ses pas, il s'avança vers le lieu où elle s'était réfugiée, tremblante et épouvantée de son audace ; en se sentant de nouveau dans ses bras, elle jeta un grand cri qui retentit dans tous les appartemens. Insouciant des suites et des conséquences, tout entier à la passion qui le dévorait, de Forsac la serra contre son sein, il imprima sur ses lèvres de rose ses lèvres brûlantes, et ses mains s'égarèrent

avec volupté sur les charmes qui l'avaient en-
ivré.

— Oh! mon Dieu! que deviendrai-je! s'écria
Adeline à demi défaillante de terreur et épuisée
par ses inutiles efforts. Encouragé par l'état
où elle se trouvait, de Forsac n'en devint que
plus entreprenant; l'impétuosité de sa passion
semblait sans bornes; et à la fin il s'écria
d'un ton de triomphe : — Qu'il vienne maintenant, votre maudit Anglais!

A peine avait-il prononcé ces paroles, qu'on
entendit marcher dans l'escalier il écouta
attentivement, il ne se trompait point, car
tout aussitôt la porte de l'antichambre, qu'il
avait négligé de fermer, fut poussée avec violence, et quelqu'un traversa rapidement le salon. Quittant à l'instant sa victime, de Forsac
chercha à se cacher; mais un rayon de lumière pénétra dans l'appartement, et dans la
personne d'un homme debout, immobile de-

vant lui, un flambeau à la main, les joues pâles, les lèvres tremblantes et l'œil enflammé, il reconnut Delmaine.

Le lâche marquis commença à trembler, comme celui qui craint la foudre tremble à la vue de l'éclair. Il sentait qu'il était impossible de pallier son offense, puisque le désordre de ses vêtemens et son trouble témoignaient trop hautement contre lui. Alarmé du silence même d'Arthur dont l'œil brûlant errait d'Adeline sur lui, il sentit la nécessité de dire quelque chose, et d'un ton qu'il s'efforça vainement de rendre calme et assuré, il tenta de traiter la chose d'une manière légère.

— Vous voyez, Delmaine, ce que c'est que d'envoyer, à une pareille heure, un homme du monde comme moi auprès d'une jeune et jolie fille.

— Misérable scélérat! s'écria Arthur d'une voix sépulcrale en le saisissant à la gorge et le secouant violemment, comment osez-vous encore prononcer mon nom ? Je vous ai plus d'une fois soupçonné d'être un infâme; mais maintenant que j'en vois la preuve de mes propres yeux, je ne sais ce qui me retient de vous briser la tête contre le mur.

De Forsac saisi de terreur s'efforça vainement de se dégager, sa gorge était comprimée comme dans un étau : et d'ailleurs que peut un homme que le sentiment de sa faute accable contre celui que la fureur et la vengeance animent ?

— Mécréant, continua Arthur, ta sûreté repose dans ta propre bassesse; je ne veux point me souiller du châtiment d'un misérable tel que toi, et il le laissa aller.

—Monsieur Delmaine, murmura de Forsac, dès qu'il put reprendre haleine, ce n'est pas ainsi qu'on en agit; si je vous ai offensé, je suis homme à vous en rendre raison; d'ailleurs, l'insulte que vous venez de me faire ne peut se laver que dans du sang, et je vous attends demain.

— Oh ! je le veux bien , s'écria Arthur en saisissant de nouveau de Forsac à la gorge , je craignais que vous n'eussiez jamais le courage de me faire une pareille proposition, mais puisque vous voulez vous battre , vous ne manquerez ni de motif ni de provocation.

De la main gauche il reprit le flambeau avec lequel il était entré, et de la droite il traîna après lui sur le parquet le misérable de Forsac qui, saisi de terreur et ignorant ses intentions, appela même Adeline à son secours. Arrivé tout en se débattant à la porte du cabinet, il en saisit le pommeau et s'y retint avec effort ; mais Delmaine jeta sur lui un regard si furieux que le marquis, craignant qu'il ne lui brisât le crâne du flambeau qu'il tenait à la main, cessa d'opposer la moindre résistance. Ils traversèrent le salon et l'antichambre ,

Delmaine en ouvrit la porte et s'arrêta sur le seuil.

— Vil scélérat, s'écria-t-il, rappelle-toi que je t'attends demain rue de Richelieu, rappelle-toi qu'il ne te reste que quelques heures pour te préparer. Par le ciel! si tu succombes, tu n'auras que ce que tu mérites ; et en achevant ces mots, il le poussa violemment dans l'escalier dont il lui fit rouler plusieurs marches, et rentra dans la chambre, où Adeline, pâle, échevelée, saisie de terreur, était demeurée immobile comme une statue.

La jeune fille sembla renaître à la vie en le voyant s'approcher d'elle ; écartant de ses deux mains, les cheveux qui couvraient son visage, elle s'écria :—Oh, Dieu ! est-il parti ? et elle tenta de se jeter dans ses bras. — Reculez-vous, ne me touchez pas, dit Arthur d'une voix tonnante en la repoussant loin de lui. Adeline recula de quelques pas, un profond soupir s'échappa de sa poitrine , elle pressa sa main droite contre son cœur et tomba sans connaissance sur le parquet.

La rage, la fureur, la jalousie n'avaient pas éteint tout sentiment d'humanité dans le cœur de Delmaine ; il la releva et la plaça sur son lit de repos en frémissant malgré lui à l'idée que c'était pour la dernière fois qu'il contemplait tant de grâces et de beautés.

— Oh! mon Dieu , mon Dieu ! s'écria Adeline, tandis que ses sanglots semblaient briser son cœur, qu'ai-je fait pour être traitée ainsi?

— Ce que vous avez fait pour être traitée ainsi!... répéta Arthur d'une voix sourde, tandis qu'il se penchait vers elle les bras croisés sur sa poitrine et le visage pâle comme la mort: auriez-vous déjà oublié les événemens de cette soirée?

— Laissez éclater sur moi toute la violence de votre injuste colère ; mais ne me parlez

pas de ce son de voix qui me fait frémir. Oh!
Arthur, Arthur, je ne suis point coupable
comme vous le croyez, et elle fondit en
larmes.

— Mon injuste colère!... vous n'êtes point
coupable!... prétendriez-vous ajouter la mo-
querie à l'insulte; oseriez-vous nier que vous
n'êtes point la maîtresse dévouée de l'infâme
de Forsac?

L'agitation d'Adeline semblait croître à
chaque instant. Hélas! murmura-t-elle, mes
pressentimens n'étaient que trop vrais. Que ne
m'avez vous crue! Ah, malheureuse! malheureuse que je suis!

—Votre pressentiment, murmura Arthur
avec une amère ironie, n'était qu'une crainte
vague des conséquences que pouvait avoir le
rendez-vous que vous vous étiez donné avec
de Forsac. Dites, continua-t-il en saisissant
avec violence la main de la jeune fille qui

trembla dans la sienne, n'était-il pas convenu entre vous qu'il trouverait un prétexte pour se rendre ici durant mon absence ?

— Oh! non, non! s'écria Adeline; s'il est une personne au monde que je méprise, c'est le marquis de Forsac.

— C'est faux, dit Delmaine avec fureur; mais répondez-moi. Oseriez-vous bien soutenir que de Forsac n'est pas votre amant; que vous ne vous êtes point ligués ensemble pour me tromper?

— Je vous le jure sur mon ame; et la jeune fille était si émue que le son de sa voix était à peine intelligible.

— Quel mensonge infâme! Un mot encore. N'avez-vous pas été la maîtresse de de Forsac? n'avez-vous pas vécu quelque temps avec lui? Adeline fondit en larmes, et fit un geste affirmatif.

— Quoi! par le ciel! vous osez l'avouer;

mais je le savais déjà, je sais que j'ai été votre dupe à tous deux ; maintenant votre règne est fini, fini sans retour. Adieu pour jamais.

—Arthur, Arthur, ne me quittez pas ainsi, s'écria l'infortunée; et, réunissant tout ce qui lui restait de force, elle s'élança pour le retenir ; mais elle put à peine faire quelques pas, et tomba sans connaissance.

Delmaine entendit le bruit de sa chute, et eut besoin de rappeler toute sa résolution pour ne point retourner auprès d'elle. Son premier mouvement, après avoir chassé le marquis, avait été de s'éloigner sans revoir la perfide par qui il se croyait si cruellement trompé ; mais un reste de faiblesse, le désir de contempler une fois encore, celle qu'il avait si tendrement aimée, et peut-être la curiosité de savoir comment elle supporterait sa présence après la conscience de sa trahison, l'avait ramené auprès de la jeune fille. Il s'en repentit amèrement. En traversant le salon , il vit sur le sofa sa bourse que de Forsac y avait laissée dans son empressement à poursuivre Adeline; il la prit, en tira un billet de mille francs, le mit dans une enveloppe en forme de lettre à l'adrese de mademoiselle Morincour , la déposa sur le secrétaire, et sortit.

En descendant l'escalier, il entendit un bruit confus de voix, et par le mouvement des flambeaux qui allaient, venaient et se croisaient, il conjectura qu'il était arrivé quelque chose d'extraordinaire. Parvenu à la loge du portier, il y trouva réunies plusieurs personnes autour d'un individu qui avait reçu une forte contusion à la tête; le blessé n'était autre que de Forsac.

— *Comment as-tu été assez bête pour laisser éteindre ta lampe, Joseph ?* disait la bonne femme du portier; *tu vois ce que Monsieur le marquis a souffert en conséquence.*

— *Dame!* répondit le cerbère avec rudesse, *il est une heure passée, et tu sais bien que je l'éteigne tous les jours à minuit.*

— *Oui; mais tu savais bien qu'il y avait encore du monde en haut , ainsi c'est bien de ta faute.*

Parmi les diverses personnes réunies autour de la loge se trouvait Fanchon , la femme de chambre d'Adeline. Dès qu'elle aperçut Delmaine , elle vint à lui d'un air chagrin et s'écria : — Oh! mon Dieu! Monsieur, savez-vous que monsieur le marquis vient de se faire une blessure grave ; à ce qu'il nous a dit, son pied a glissé, et il est tombé dans l'escalier.

Arthur comprit aussitôt que de Forsac, pour cacher sa honte et sa mortification, avait attribué sa chute à un accident.

— Et que m'importe à moi qu'il se casse le cou? s'écria-t-il, à la grande surprise de la femme de chambre qui les avait toujours regardés comme les meilleurs amis du monde,

puis il ajouta : Fanchon, rendez-vous de suite
auprès de votre maîtresse, elle n'est pas bien
et désire vous voir.

— Mais Monsieur ne va pas sortir ? lui demanda-t-elle en voyant qu'il se dirigeait vers
la porte cochère.

— Ne vous occupez pas de moi, et montez
à l'instant.

— Qu'il est peu aimable ce soir, c'est absolument un ours d'Anglais, murmura Fanchon en se rendant chez sa maîtresse pour laquelle elle avait le plus sincère attachement.

Il était à peu près deux heures lorsque
Delmaine sortit de la rue de la Chaussée-d'Antin; dans la crainte de passer la nuit dans la
rue, il se rendit à la hâte à l'hôtel des Princes;
mais après avoir frappé pendant dix minutes,
il fut enfin forcé de renoncer à l'espérance de
réveiller le portier. Il s'adressa à deux autres
hôtels de la même rue avec tout aussi peu de

succès, quoiqu'il parvînt cependant à se faire
entendre. Dans l'un, on lui referma la porte
au nez, en lui jurant que toutes les chambres
étaient prises; dans l'autre, plus honnête,
on lui demanda s'il avait son passe-port, et
sur sa réponse négative, on l'assura qu'on ne
pouvait le recevoir sans se mettre en contra-
vention avec la police. Arthur, désappointé
dans son attente, continua à s'avancer jus-
que dans la rue Saint-Honoré; son intention
était de faire une dernière tentative à l'hôtel
Meurice; mais dans son trouble, il dépassa cet
hôtel, et parvint à la place Vendôme avant de
s'en apercevoir. Comme il s'approchait du
poste des sapeurs-pompiers, il fut tout d'un
coup arraché à ses réflexions par un retentis-
sant :— Qui vive ?

— France! répondit-il, et il continua à s'a-
vancer le long du trottoir.

— Passez au large, s'écria la sentinelle en faisant résonner son arme.

Il descendit du trottoir, fit un circuit et le regagna à quelque distance au-dessus du corps-de-garde; il se trouva alors en face de l'hôtel Mirabeau. Il ne put s'empêcher de le contempler quelque temps en silence et de soupirer en pensant que là reposait d'un sommeil tranquille, celle dont il avait perdu l'estime et l'affection par sa folle conduite. Puis, réunissant toute la force de son caractère, il éprouva une espèce de cruel plaisir à s'avouer que le sort avait épuisé sur lui toutes ses rigueurs. Quoique la nuit fût extrêmement froide et que le vent soufflât avec violence, il se dirigea vers les boulevards dans l'intention de s'y promener jusqu'au point du jour; là il rencontra une patrouille de la garde nationale faisant sa ronde habituelle.

— Qui va là? demanda rudement le sous-officier, en faisant arrêter sa petite troupe.

— Ami! répondit Arthur; et il continua à s'avancer.

Le soldat-citoyen le suivit quelque temps des yeux d'un air de doute, puis se tournant vers les siens : Qui diable est celui-là?

— Je crois que c'est un Anglais, répondit l'un d'eux, et ce m'a tout l'air d'un pauvre diable qui vient d'être flambé dans les maisons de jeu.

— Ma foi! t'as raison, Brugnon, il n'y a qu'un Anglais ruiné qui puisse trouver du plaisir à se promener sur les boulevards à deux heures du matin par un pareil froid; et en parlant ainsi, il s'enveloppait plus étroitement de son manteau, puis il ajouta : Ce sont des espèces de fous, que ces Anglais, ils ne savent que faire de leur argent jusqu'au moment où ils se trouvent sans le sou. On dit que Sainte-Pélagie en est rempli?

— Oui , Potin , dit un autre , ces iroquois d'Anglais , ça ne vient que dans l'intention de nous emporter notre argent et ça nous laisse le sien : aussi est-il vrai que s'ils ne viennent pas sans six sous , ils ne s'en retournent pas sans soucis; et content de son jeu de mots, le soldat-citoyen pouffa de rire.

— Courage, vieux lapin, s'écria le sergent; t'as de l'esprit, mon garçon, et tu seras fait caporal un jour d'élection, va... Z'allons la garde , en avant.

La patrouille continua sa route, et Delmaine qui n'aurait fait aucune difficulté de se laisser conduire au corps-de-garde, s'avança le long des boulevards. Soudain il se trouva en face de l'hôtel d'Astelli. Les salles en étaient éclairées, et les sons d'une musique délicieuse retentissaient dans le vaste silence qui régnait tout autour. Il s'arrêta ému et pensif. Hélas ! il s'était opéré un bien grand changement dans son cœur, et un plus grand encore dans sa position, depuis que pour la première, fois il avait mis les pieds dans ce temple de la dissipation et du plaisir.

Presque épuisé de fatigue et transi de froid, il s'assit sur une borne à l'angle opposé de la rue de Grammont; puis songeant au ridicule dont il serait couvert, s'il venait à être reconnu dans cette position, il résolut de se présenter chez Astelli et de passer au jeu le reste de la nuit.

La porte cochère était ouverte, et le portier dormait étendu dans un large et vieux fauteuil, tenant machinalement le cordon dans sa main. Arthur franchit l'escalier, et se trouva bientôt à la porte de l'antichambre. Il sonna, un domestique à livrée accourut aussitôt, et se hâta, selon ses désirs, de lui avancer un fauteuil de la cheminée où pétillait un excellent feu, et de lui apporter un verre de vin qu'il vida d'un

seul trait. Peu de temps après madame Astelli
dont la curiosité avait été excitée par l'arrivée
d'un convive à une heure aussi avancée, vint
savoir qui c'était ; et, reconnaissant Arthur,
elle s'écria : —Ah! Monsieur, je suis enchantée
de votre visite ; il y a un siècle qu'on n'a eu le
plaisir de vous voir ; j'espère que vous ne serez
plus si rare à l'avenir, qu'êtes-vous donc devenu ? Et elle lui fit plusieurs questions et lui
parla d'Adeline. Arthur eut peine à lui répondre sans trahir la profonde tristesse qui remplissait son cœur, et se laissa enfin entraîner dans
les salons d'écarté où il ne trouva pas grand
monde, à cause du bal de Frascati.

L'action du feu sur ses membres à demi-
glacés, le vin qu'il avait bu dans l'état d'épui-
sement moral et physique où il se trouvait, ne
tardèrent pas à produire un effet qui se mani-
festa par une gaieté forcée et peu naturelle,

qui n'échappa pas à l'observation de plusieurs personnes.

Parmi les principaux joueurs se trouvait le commandant V***, qui, sans nulle autre ressource que sa demi-solde, s'efforçait de se procurer les moyens de vivre dans l'abondance en tirant parti des dupes qu'il rencontrait constamment aux tables d'écarté. Peu satisfait cependant des profits de ce genre d'industrie, le commandant, pour travailler plus en grand, donnait à jouer dans ses propres appartemens situés dans la rue de Louvois, ce qui avait excité la jalousie des maisons de jeu, et il se trouvait en ce moment sous la surveillance de la police qui plusieurs fois s'était introduite chez lui à l'improviste ; mais ses mesures avaient toujours été si bien prises, qu'on n'avait pas encore pu le surprendre. Arthur lui avait été présenté dans le temps par de Forsac; mais malgré les avances du com-

mandant et les insinuations du perfide marquis,
la fierté de son caractère et les avis d'Adeline
l'avaient mis à l'abri des piéges qu'on lui tendait.

Le commandant fut un des premiers à s'a-
percevoir de son état d'agitation, et il s'en ap-
plaudit, car il avait remarqué que sa bourse
était bien garnie, et il le voyait jouer et parier
en étourdi. Il échangea un regard d'intelli-
gence avec plusieurs de ses confrères qui se
trouvaient à la même table, et au bout de
quelques instans, Arthur avait déjà perdu trois
mille francs; presque aussitôt madame Astelli
vint annoncer qu'il était temps de se retirer.
Arthur se leva avec un geste d'impatience, et,
passant dans l'antichambre, il demanda de
nouveau un verre de vin qu'il vida avec avidité.
Il fut bientôt rejoint par le commandant qui,
suivi de tous les siens, se préparait à partir.

Sa gigantesque personne était enveloppée

dans un énorme manteau, l'on n'apercevait que ses favoris et sa moustache qui se dessinaient sous un collet de fourrure. --Ah! je suis désolé, Monsieur, que la fortune vous ait été contraire ce soir; mais si vous voulez bien me faire l'honneur d'accompagner ces messieurs chez moi, j'aurai beaucoup de plaisir à vous voir prendre votre revanche.

Arthur accepta dans l'espoir de réparer les pertes qu'il avait faites, et surtout pour ne point passer le reste de la nuit dans la rue. Le commandant se tourna alors vers ses amis avec un sourire de triomphe, et ils se dirigèrent tous ensemble vers ce qu'il appelait sa baraque.

Arrivé à la rue de Louvois, le commandant sortit une clé de sa poche, et ouvrit une petite porte particulière. Ils s'avancèrent à travers un long et étroit corridor où régnaient la plus profonde obscurité et le plus profond silence, qui n'étaient interrompus que par la voix rauque de leur hôte qui leur recommandait de marcher aussi doucement que possible. Parvenu au quatrième, il frappa à la porte d'une antichambre, qui s'ouvrit à l'instant pour les recevoir; la plus profonde obscurité y régnait aussi, mais la porte de l'appartement en face ayant été ouverte, leurs yeux furent éblouis par les flots de lumière qui s'en échappèrent, et une scène enchantée s'offrit à leur vue. Les appartemens, dont les fenêtres étaient hermétiquement fermées, étaient petits mais décorés avec le plus grand luxe et la plus grande élégance. Dans la première pièce qu'ils traversèrent s'élevait une table couverte des mets les plus recherchés et des vins les plus exquis; dans la seconde, qui paraissait la principale, brillaient plusieurs lustres et se trouvaient plusieurs tables de jeu; la troisième et dernière paraissait être une espèce de boudoir, à l'extrémité duquel se trouvait un élégant lit de repos

dont les draperies se réfléchissaient dans une
riche et superbe glace contre laquelle il était
placé; c'était là le trône de la jeune et charmante femme qui faisait les honneurs de la
maison. Plusieurs messieurs arrivés avant le
commandant et sa société étaient assis dans
ce moment à jouer à la rouge et noire, et chose
étonnante, aucun domestique ne se montra
de toute la nuit.

Arthur, après avoir joué pendant deux
heures entières, se trouva réduit à n'avoir plus
que vingt pièces d'or, il les jeta sur la rouge;
mais avant que le coup ne fût décidé, on entendit
frapper violemment à la porte de la rue et re-
tentir ces paroles alarmantes :

— Ouvrez, au nom du Roi!

— Grand Dieu! c'est la police, s'écria le
commandant épouvanté en jetant les cartes et
se hâtant d'empocher son bénéfice qu'il avait
laissé devant lui.

— Éteignez les lumières, dit la jeune femme en commençant par donner l'exemple, et dans l'instant ils se trouvèrent de nouveau plongés dans l'obscurité. Chacun chercha à s'échapper, et il s'ensuivit le plus grand désordre. Arthur jeta la main là où à l'instant d'avant il avait placé ses vingt louis ; mais il ne trouva que deux pièces, le reste avait disparu. Alors il se maudit lui-même, pour s'être laissé entraîner dans ce qu'il regardait maintenant comme une caverne de voleurs, et songea à s'évader. Saisissant le premier chapeau venu, il parvint à gagner l'escalier, mais non sans avoir auparavant renversé, dans sa fuite, la table à souper et tout ce qu'elle contenait. Le bruit que firent les bouteilles et les plats en se brisant sur le parquet retentit au loin, tandis que la grosse voix du commandant s'élevait pour maudire l'auteur de ce désastre. Jamais on ne vit une pareille scène de désordre et de confusion. Descendant l'escalier en toute hâte, au risque de se rompre le cou, Arthur parvint enfin au premier étage au moment même où la porte cédait aux efforts des employés de la police qui se précipitèrent dans le corridor.

— Montez, montez vite, dit une voix. Delmaine eut la présence d'esprit de se mettre dans un des angles de l'escalier, où il demeura immobile jusqu'à ce qu'ils l'eussent dépassé, plusieurs même le touchèrent en passant auprès de lui aussi rapidement que l'obscurité pouvait le leur permettre. Pour mieux assurer sa fuite, il attendit encore quelques instans ; une porte s'ouvrit au troisième, et un rayon de lumière parvint jusqu'à lui.

— Mon Dieu ! qu'y a-t-il ? s'écria quelqu'un, qui, réveillé par tout ce fracas, sortait de son lit pour en connaître la cause.

— Donnez-moi votre lumière, dit une voix d'un ton d'autorité, et le bruit diminua graduellement à mesure qu'on se dirigeait vers les appartemens du commandant.

Pensant qu'il pouvait enfin se retirer en toute sûreté, Arthur traversa l'étroit passage, et, trouvant la porte toute grande ouverte, il se dirigea de nouveau vers la rue Richelieu; le jour commençait à poindre, et lorsqu'accablé des événemens de la nuit, il parvint à l'hôtel des Princes, le portier venait d'en ouvrir la porte. Cet homme avait souvent éprouvé la générosité d'Arthur, et il ne pouvait mieux lui prouver sa reconnaissance que par l'empressement qu'il mit à lui procurer une chambre et un bon lit dont il avait si grand besoin.

XVII.

Quel est l'homme que la jalousie,
l'amour - propre offensé, ne rend pas
injuste et cruel ?

Avec quelle avidité ne cherche-t-il pas à oublier son existence dans la léthargie d'un profond sommeil, celui qu'un malheur imprévu
accable ou qu'un mortel chagrin dévore ; il
redoute d'avance l'instant où il doit rouvrir
les yeux ; il voudrait pouvoir dormir toujours.

II.   14

Lorsque Delmaine se réveilla bien avant dans l'après-dînée, les événemens de la nuit se représentèrent à sa mémoire avec toute l'amertume d'une accablante réalité ; jamais il n'avait éprouvé une aussi profonde tristesse ; ses pensées erraient d'un objet à l'autre, sans oser se fixer sur aucun, et lorsqu'il réfléchissait à la mésintelligence qui s'était élevée entre lui et son oncle, toujours si bon, si généreux à son égard, il en éprouvait les plus violens remords. Et cependant, se disait-il, celle pour qui j'ai tout sacrifié m'a cruellement trompé.

D'Adeline ses pensées se portaient naturellement vers de Forsac, et il se sentait frémir d'indignation et dévoré de la soif de vengeance.

Lorsque le marquis quitta Frascati pour se rendre à la rue de la Chaussée-d'Antin, Arthur passa dans la salle de bal : c'était un bal masqué et paré. Un grand nombre de jeunes femmes, le visage couvert d'un masque, dé-

ployaient toute la vivacité de leur esprit, toutes les graces de leur personne que dessinaient
à ravir d'élégans déguisemens.

Une d'entre elles surtout se faisait remarquer, non-seulement par la richesse de son
costume, mais encore par le suave et le moel-
leux des contours de sa délicieuse personne;
Arthur la suivait des yeux avec ivresse dans
les diverses figures de la valse; il lui semblait
que cette belle personne ne lui était pas inconnue. Au moment où elle passa rapidement
près de lui, il crut lui entendre prononcer
son nom; et lorsqu'en s'approchant de nouveau, elle agita le mouchoir brodé qu'elle
tenait à la main, il se sentit tressaillir; sa
curiosité, son impatience devinrent extrêmes. La valse vive et légère cessa enfin,
l'inconnue laissa tomber son masque; c'était
la belle étrangère qu'il avait déjà vue chez
madame Derval. Elle alla s'asseoir sur un sofa

à l'extrémité de la salle, auprès de madame
Clermont, qu'elle savait être de la connaissance d'Arthur. Il s'approcha aussitôt de cette
dame à qui l'inconnue, toujours masquée, dit
quelques mots à l'oreille.

— Monsieur, dit madame Clermont, voici
un beau masque qui meurt d'envie de faire
votre connaissance.

— C'est bien flatteur pour moi, répondit
Arthur en s'inclinant.

—O Dieu! quelle politesse avec un masque,
s'écria madame Clermont; ma foi, il me semble
que je suis déjà de trop ici, et elle se leva et
alla se joindre à un groupe à l'extrémité de la
salle.

Il se fit un instant de silence. Il y a bien
long-temps, Monsieur, que je n'ai eu le plaisir de vous voir, dit d'une voix émue le beau
masque, encouragé par son déguisement.

— Serais-je assez heureux, Madame, pour

pouvoir me flatter que le temps vous ait paru long!

Un soupir fut la seule réponse qu'il obtint.

— Pour moi, continua-t-il, je n'ai pas cessé de penser à vous, et je craignais de ne plus vous revoir.

— Voulez-vous faire un tour de promenade? dit l'étrangère en ôtant son masque et en découvrant ses traits enchanteurs.

— Volontiers, dit Arthur en jetant sur elle un regard passionné.

— Oh! pourquoi me regardez-vous ainsi? Et elle sourit et baissa les yeux :

— Ils se levèrent et firent un tour dans la salle de bal.

— Quelle chaleur étouffante il fait ici! je voudrais prendre l'air dans le jardin.

Ils y descendirent aussitôt, et traversèrent l'allée couverte. Arrivés au petit bosquet qui se trouve à l'extrémité, l'étrangère se plaignit de la chaleur et de la fatigue, et s'assit sur l'un des bancs; Arthur se plaça auprès d'elle. Au bout de cinq minutes, elle s'enveloppa de son châle, et prétexta la fraîcheur de l'air pour se rapprocher de lui.

L'heure, la place, l'occasion étaient tentantes. Delmaine sentait que tout aveu d'amour devenait inutile, leurs yeux s'étaient trop souvent rencontrés et compris; il respirait sa douce haleine et voyait son sein soulevé d'émotion. Il pressa sa blanche main, et la sentit tressaillir dans la sienne. Dans ce moment, la clarté d'une lumière se réfléchit dans le bosquet, à travers une des fenêtres du boulevard; Delmaine jeta un regard sur sa belle compagne, et lut dans ses yeux pleins d'amour qu'il pourrait tout oser, mais il songea soudain à la promesse qu'il avait faite à Adeline et murmura involontairement son nom.

A ce nom, le changement le plus brusque, le

plus rapide s'opéra chez la belle inconnue : elle repoussa avec dédain, avec fierté celui pour qui elle allait s'oublier, et Arthur demeura confus et silencieux.

L'instant d'après cependant l'étrangère se montra calme et impassible, et dit d'un ton badin, en quittant le bosquet :

— Nous allions faire une sottise, mais grace à votre amour pour la petite Morincour, nous avons échappé au danger.

Arthur garda le silence. Qu'aurait-il pu répondre ?

Au bout de quelques minutes, elle lui demanda d'un air d'indifférence, et comme sans autre but que celui de changer de conversation, s'il y avait long-temps qu'il n'avait vu de Forsac.

Arthur lui fit part du motif de leur rendez-vous chez Frascati et de la mission qu'il lui avait donnée.

—Se peut-il bien qu'il soit allé seul porter ce message? Et le son de sa voix témoignait de son étonnement.

— Oui, dit Delmaine un peu surpris, il y est allé seul. Pourquoi me faire une pareille question?

— Ma foi, je ne saurais trop vous le dire; c'est une question comme une autre.

Mais son air d'hésitation et l'embarras de ses manières ne prouvaient que trop à Delmaine que ce n'était point là une question insignifiante, et il n'en devint que plus impatient de savoir ce qu'elle voulait dire.

— Mais rien, absolument rien, mon cher Monsieur, répondit-elle à la fin, comme pour éviter toute explication; puis, s'apercevant qu'il serait charmé de pouvoir le croire, elle ajouta: Cependant, y a-t-il de la prudence à envoyer à cette heure-ci, chez une jeune femme qu'on aime, un homme comme votre ami de Forsac ? Vous connaissez d'ailleurs le proverbe français : *On revient toujours à ses premières amours.*

— Que voulez-vous dire, Madame ? dit Arthur avec vivacité. Il s'arrêta soudain, et ses premiers soupçons se réveillèrent avec force.

Sans l'obscurité, il aurait vu briller une joie maligne dans ces yeux naguère pleins d'amour pour lui.

— Assurément vous plaisantez, continuat-elle du même ton, vous ne pouvez ignorer la liaison qui existait autrefois entre votre ami de Forsac et Adeline Morincour. Elle appuya avec emphase sur le mot d'*ami.*

— Grand Dieu! se dit Arthur, serait-il bien possible! Continuez, Madame, ajouta-t-il.

— Tout le monde le sait, reprit l'étrangère; et, affectant un air d'étonnement : — Serait-il bien possible que de Forsac ne vous eût jamais parlé de son intimité avec elle? Il a été son amant pendant un an.

Ces paroles retentirent douloureusement dans le cœur de Delmaine et l'abreuvèrent d'amertume, de honte et d'humiliation. J'ai donc été la dupe de ce misérable, murmurat-il, et se rappelant que dans le moment même, l'infâme marquis se trouvait auprès d'Adeline, il laissa soudain l'étrangère, traversa rapidement les différentes pièces, gagna l'escalier, se jeta dans un cabriolet de place qu'il trouva à la porte, recommanda au cocher de pousser son cheval ventre à terre, et s'abandonna tout entier aux sombres réflexions, aux tumultueux sentimens qu'excitait en lui ce qu'il venait d'apprendre.

On a sans doute déjà reconnu dans l'étrangère la jeune et jolie femme avec qui de Forsac renouvela connaissance au théâtre Feydeau, après le départ du colonel Stanley et de sa

fille. Dans cette occasion, comme lors de la
soirée de madame Derval, elle avait été frappée
de la bonne mine d'Arthur, de l'élégance de
ses manières, et avait conçu pour lui un violent caprice; car, fière, égoïste et vindicative à
l'excès, elle était incapable de la moindre affection. Accoutumée à recevoir les hommages
de tous ceux qui l'entouraient, elle oubliait
difficilement la moindre négligence de la part
de celui qu'elle daignait distinguer de la foule
de ses adorateurs, et ce n'avait pas été, sans
concevoir un vif ressentiment contre Delmaine
qu'elle avait vu s'écouler la nuit entière sans
qu'il parût chez Frascati, comme il le lui
avait promis. Elle avait attribué sa négligence
à son amour pour Adeline, qu'elle haïssait
déjà pour lui avoir ravi le cœur de l'opulent
comte russe W***.

Par un singulier hasard, elle n'avait plus,
depuis lors, rencontré Delmaine, quoiqu'elle

fréquentât à peu près les mêmes salons, et son
caprice pour lui n'avait fait que s'accroître de
tous ces contre-temps. Heureuse de le revoir chez
Frascati, elle n'hésita pas un instant à lui faire
les plus grandes avances et à ménager artificieu-
sement la scène du bosquet; mais bien que le
délire de ses sens fût grand, son amour-propre
était plus grand encore; elle se sentit profondément blessée d'entendre dans ce moment prononcer le nom de sa rivale, et résolut aussitôt
de rendre coup pour coup. Elle savait fort bien
qu'Arthur ignorait les rapports qui avaient
existé entre Adeline Morincour et de Forsac, ce
dernier l'en avait instruite; mais quoiqu'elle
prévît qu'elle allait d'un seul mot jeter dans la
position la plus critique le marquis avec qui
elle vivait dans la plus grande intimité, cette
considération ne l'arrêta pas un seul instant;
elle voulait humilier l'orgueil de Delmaine,
dont elle croyait avoir à se plaindre, et peu lui

importait d'entraîner dans sa vengeance dix mille de Forsacs.

Durant sa course rapide de la rue Richelieu à celle de la Chaussée d'Antin, Arthur se rappela tout ce qui pouvait avoir le moindre rapport avec le fait qui venait de lui être dévoilé. Les circonstances de sa présentation à Adeline par de Forsac; son hésitation, son trouble lorsqu'il lui avait demandé les lunettes, ce qu'avait dit l'usurier, et mille autres incidens auxquels il n'avait d'abord fait aucune attention, contribuaient à lui prouver d'une manière ostensible qu'une liaison avait existé entre eux; et lorsqu'il se rappelait la conduite de de Forsac durant la matinée, le regard de colère et de dépit qu'il avait jeté sur Adeline, le ton leste avec lequel il lui avait parlé, les pleurs qu'elle avait versés et l'agitation qui l'avait trahie, il demeurait convaincu que cette liaison existait encore, et qu'il était la dupe, la

sotte et méprisable dupe des deux plus viles
créatures du monde. Mais tandis qu'il se com-
plaisait ainsi à se rappeler tout ce qui pouvait
noircir Adeline à ses yeux et la lui faire paraître coupable, il oubliait tout ce qui pouvait la
justifier ; il oubliait qu'elle avait constamment
tenté, par tous les moyens en son pouvoir, de le
détourner de la route périlleuse où il s'était
lancé ; il oubliait qu'elle l'avait souvent, par
ses sages conseils, empêché de devenir la victime d'intrigans aventuriers, et qu'à l'heure de
l'adversité, elle lui avait offert ses bijoux, la
seule chose qu'elle possédât au monde. Nous
avons tort cependant de dire qu'il oubliait
toutes ces choses, il se les rappelait fort bien,
mais il ne se les rappelait que pour y trouver
de nouveaux griefs contre elle. Selon lui, la
jeune fille ne l'avait détourné du jeu que pour
profiter seule de tout ce qu'il avait ; elle ne lui
avait fait éviter les piéges des aventuriers que

pour le dépouiller tout à son aise, aidée par de
Forsac ; l'offre de ses bijoux n'avait été qu'une
feinte générosité encouragée par la certitude
où elle était qu'il ne les accepterait pas. C'est
ainsi que Delmaine transformait en vices les
vertus d'Adeline ; mais il ne faisait en cela que
suivre l'exemple de la plupart des hommes.
Il n'arrive malheureusement que trop de fois
qu'alors que nous nous apercevons d'une injure réelle, nous attribuons aussitôt tous les
services qu'on nous a rendus auparavant à l'é-
goïsme ou à des motifs d'intérêt, et nous nous
libérons ainsi consciencieusement de tout sentiment de reconnaissance et de toute idée de
réconciliation.

Avec ce penchant si naturel et pourtant si
injuste, qui nous porte à nous montrer aussi
sévères pour les fautes d'autrui que nous nous
montrons indulgens pour les nôtres, Arthur
semblait oublier qu'il avait été sur le point de

faire une infidélité à Adeline, alors même qu'il n'avait pas le moindre motif de douter de son affection pour lui ; il ne songeait pas que c'était là seulement ce qui l'avait amené à connaître des faits qui lui seraient peut-être toujours demeurés inconnus. Mais dans la passion, quel est l'homme qui raisonne? Quel est l'homme que la jalousie, l'amour-propre offensé ne rendent pas injuste et cruel?

Delmaine n'était tout entier qu'à une seule chose, au sentiment de l'injure qu'il avait reçue ; il n'avait qu'un désir, celui d'arriver à temps pour surprendre son perfide ami, son infidèle amante, et les accabler tous deux du poids de sa vengeance. Nous avons déjà vu quelle scène l'attendait, et l'excès de fureur auquel il se livra.

Toutes les circonstances de ces divers événemens se représentaient maintenant à sa mémoire, comme les souvenirs d'un songe, avec cette différence cependant que les faits qu'ils lui rappelaient étaient gravés dans son ame en caractères de feu, et que la pensée même de son prochain combat avec de Forsac ne pouvait l'en distraire ; à la fin, il se décida à sonner. Au bout de quelques minutes, entra Walter, pâle, défiguré et d'un air timide.

— Comment vous portez-vous, Walter? lui demanda Arthur d'un ton affable et plein de douceur, tandis que le vieux soldat s'occupait à ranimer le feu.

— Moi, moi, Monsieur! votre question s'adresse-t-elle bien à moi, Monsieur? dit le vieux serviteur, en quittant les pincettes et prenant une attitude militaire.

— Oui, Walter, continua Arthur du même ton, je vous demande comment vous vous portez. Vous me semblez malade; j'espère cependant que vous n'avez manqué de rien depuis que je ne vous ai vu.

— Oh non, Monsieur! répondit le vieillard, quittant un moment sa pose militaire pour essuyer une larme qui, en dépit de tous ses efforts, était venue mouiller sa paupière; j'ai seulement été privé de...

— De quoi? poursuivit Arthur s'apercevant de sa répugnance à achever sa phrase.

— Je n'oserais le dire, Monsieur, il n'appartient pas à un pauvre vieux soldat comme moi de dire ce qui lui fait de la peine.

— Parlez, Walter, j'insiste pour que vous me disiez ce dont vous avez été privé, continua Delmaine, s'imaginant qu'on n'avait pas fidèlement rempli les ordres qu'il avait donnés pour qu'il ne manquât de rien.

— Eh bien! Monsieur, je vous obéirai; j'ai seulement été privé de la satisfaction de voir le fils de mon ancien maître fêté sous le toit paternel, au lieu de le voir en étranger dans sa famille. Pauvre sir Édouard, Monsieur!

— Qu'est-il arrivé à mon oncle, Walter? que voulez-vous dire par votre pauvre sir Édouard? demanda Arthur avec vivacité.

— Hélas! depuis que vous avez quitté l'hôtel, la santé de sir Édouard a toujours été en déclinant, sa goutte a empiré, et il ne quitte presque plus le lit.

Le remords déchira le cœur de Delmaine, et il demeura quelques instants morne et silencieux.

— Vous l'avez donc vu? demanda-t-il à la fin.

— Si je l'ai vu, Monsieur! répondit Walter; mais bien sûrement; je n'ai pas resté un seul jour sans aller le voir ou sans demander de ses nouvelles. Je songerais tout autant à déserter mon drapeau devant l'ennemi qu'à négliger un aussi bon maître.

La véhémente réponse du vieux serviteur

fut pour le neveu un reproche involontaire. — Mon pauvre oncle! murmura-t-il.

— Dis-moi, Walter... et il s'arrêta, car son orgueil lui suggéra le peu de convenance d'adresser à son domestique la question qu'il voulait faire; mais quand il se rappela que ce domestique avait servi sous son père, avait combattu avec lui et reçu son dernier soupir; quand il se rappela que c'était l'homme de confiance de son oncle et qu'il avait grandi sous ses yeux, il ajouta : Dis-moi, Walter, mon oncle t'a-t-il jamais parlé de moi?

— Parlé de vous, Monsieur! mais bien certainement. Le baronet me fait souvent venir auprès de lui, et alors il tâche d'apprendre de moi, par des moyens détournés, quel est votre genre de vie; car il croit que vous n'avez point quitté l'hôtel des Princes, et je connais trop mon devoir pour le détromper; mais je suis

sûr que votre longue absence le rend malheureux, il dépérit de jour en jour.

— Ne demande-t-il jamais comment je me
porte?

— Non, Monsieur; c'est la seule question
qu'il ne m'a jamais faite.

— Depuis quand ne l'avez-vous pas vu,
Walter? dit Delmaine, affecté du récit du vieillard.

— Je l'ai vu il y a trois jours : Walter,
m'a-t-il dit, vous avez été le fidèle serviteur de
mon frère, et vos cheveux ont blanchi sous
mon toit. Je sens que je m'affaiblis de plus en
plus, je ne puis vivre long-temps encore, mais
je ne vous ai pas oublié; car peut-être, après
ma mort, vous ne saurez où reposer votre tête.
Hélas! Monsieur, le baronet me parlait d'un
ton si doux, si amical, que je pleurais comme
un enfant; mais, lorsque je me hasardai à dire
que j'espérais bien ne pas manquer d'asile tant

que mon jeune maître vivrait, il m'interrompit brusquement en s'écriant : Ne soyez pas assez fou pour compter sur lui ; s'il peut aussi facilement oublier l'oncle qui a élevé son enfance, il ne s'inquiètera guère d'un vieux serviteur comme vous ; puis il me renvoya, en me disant qu'il voulait dormir.

Delmaine fut profondément touché. — Dis-moi, Walter, qui le soigne durant sa maladie ? Plût au ciel que mistriss Caren fût ici !

— Oh, Monsieur ! il a une bien meilleure garde que mistriss Caren ; il serait difficile d'en trouver une plus douce, plus attentive, plus affectionnée. Tous les domestiques ne parlent qu'avec respect de miss Stanley.

— Miss Stanley, dites-vous ? est-ce miss Stanley qui est la garde-malade de mon oncle ?

— Oui, Monsieur, miss Stanley elle-même, l'aimable et belle miss Stanley. Sir Édouard ne saurait, dit-on, souffrir personne autre; elle ne le quitte presque pas, et paraît bien triste depuis quelque temps.

— Mon brave Walter, je te prierai de m'apporter une tasse de café, interrompit Delmaine d'un ton de douceur qui n'échappa point au vieillard.

— Je suis sûr, murmura-t-il en s'empressant d'obéir, que le cœur de mon jeune maître est changé, et tout désormais ira bien.

Delmaine se leva l'esprit moins abattu. — J'écrirai à mon oncle aujourd'hui même, se dit-il en se jetant dans un fauteuil auprès du feu. Hélas! pauvre vieillard, j'ai bien mal répondu à l'affection que vous m'avez témoignée; vous ne songiez guère que le temps viendrait où je serais banni de votre maison et de votre cœur.

— Walter, continua-t-il en s'adressant au vieux serviteur qui s'approchait avec la tasse de café, apporte-moi tout ce qu'il me faut pour écrire et ne t'éloigne pas, j'aurai besoin de toi dans dix minutes pour porter une lettre à la rue de la Paix.

— A la rue de la Paix, Monsieur! s'écria le fidèle domestique, incapable de dissimuler son plaisir et sa surprise, et se reprenant aussitôt, il ajouta : —Oui, Monsieur, certainement oui, je suis entièrement à vos ordres. Tout fut préparé en un instant, et lorsqu'il quitta la chambre, son pas était léger et sa physionomie rayonnante de joie.

Soudain Arthur se rappela la rencontre qu'il devait avoir avec de Forsac, et résolut de différer d'écrire. Ce serait une folie, pensa-t-il, de faire un pas vers la réconciliation, au moment où je vais de nouveau donner à mon oncle un motif de trembler pour mes jours; je n'écrirai qu'après m'être battu, et il jeta au loin la plume et le papier.

Il sonna, et Walter se hâta d'accourir; il

était déjà revêtu de sa plus belle livrée, et avait à la fois un air de satisfaction et d'importance.

— Quoi! déjà habillé, Walter? Bien sûrement, dans vos plus beaux jours vous ne vous êtes jamais montré plus prompt, lors même qu'il s'agissait de faire face à l'ennemi.

— Ah, Monsieur, répondit le vétéran, je n'ai jamais attendu un jour de bataille avec plus d'impatience que je n'attends maintenant vos ordres; et tout homme qui aurait vécu sous votre toit aussi long-temps que Tom Walter mériterait de comparaître devant une cour martiale et de passer par les armes, s'il pouvait apporter le moindre retard à exécuter un ordre tel que celui que je vais recevoir.

— De quel ordre voulez-vous parler!

— Mais, Monsieur, de celui de porter une lettre de réconciliation de la part du fils de mon ancien maître à un oncle aussi bon, aussi affectionné que sir Édouard; et le vieillard qui avait mis dans ses paroles toute l'énergie qui lui restait, essuyait une larme de plaisir et d'émotion qui s'échappait de ses yeux.

— Une lettre de réconciliation!... Comment pouvez-vous savoir s'il est dans mon intention d'en écrire une, et même si elle est destinée à mon oncle? observa Arthur d'un ton d'humeur, et en apparence offensé de la liberté de Walter. Vous vous êtes trompé, continua-t-il, je n'ai pas de lettre pour vous. J'ai changé d'intention, je n'écrirai pas aujourd'hui.

— Monsieur! dit le vieillard, et sa physionomie, changeant aussitôt, exprima le plus violent chagrin.

— Je vous dis que je n'ai pas de lettre à vous donner, continua Arthur, en s'apercevant qu'il demeurait immobile à la même place.

— C'est bien, Monsieur, dit Walter avec tristesse, et il s'approcha de la porte.

— Attendez un moment.

Le vieillard s'arrêta, il espérait encore que
son maître changerait d'avis.

— J'attends un monsieur, un étranger; si
quelqu'un vient me demander, vous le ferez
entrer à l'instant.

Le pauvre vieillard, entièrement désappointé, poussa un profond soupir et sortit.

Il était déjà plus de trois heures, et Delmaine ne pouvait concevoir ce qui retenait si
long-temps de Forsac. Il demeura une heure
encore assis nonchalamment devant le feu, faisant des plans pour l'avenir et se mettant l'esprit à la torture pour trouver le moyen de faire
face aux circonstances présentes. Sa bourse
ne contenait que les deux napoléons échappés
à la bagarre de la rue de Louvois; il jeta un regard sur sa montre, qui avait appartenu à son
père et qui était d'une grande valeur, mais il
ne pouvait se résoudre à s'en défaire, sans trop
savoir, néanmoins, comment éviter ce cruel sa-

crifice. Tandis qu'il s'abandonnait à ses réflexions, le vieux Walter entra de nouveau.

— Il y a en bas trois individus qui vous demandent, Monsieur; mais ils m'ont l'air de
gens fort suspects.

— Trois, dites-vous? interrompit Arthur,
je n'en attendais qu'un; mais comme je suppose qu'ils viennent tous dans le même but,
faites-les monter. De quoi ont-ils l'air?

— De tout, excepté de gens comme il faut;
l'un d'eux ressemble à un curé de paroisse.

— A un curé! répéta Arthur en souriant
de la singulière, et pour le moins trois fois
fausse distinction que le vieux soldat faisait entre un homme comme il faut et un homme
d'Église. Je n'attends bien certainement personne de cette classe; mais n'importe, laissez-
les monter.

Il avait à peine achevé ces mots, que, trop
impatiens pour se soumettre aux formes de

l'étiquette, deux d'entre eux se présentèrent sur le seuil de la porte. L'un était un petit homme grêle et chétif, habillé de noir avec une perruque brune qui portait encore quelques traces de la poudre dont il la gratifiait les dimanches et jours de fêtes. De sa main gauche, il tenait un chapeau retroussé à forme antique, et il s'appuyait de la droite sur une canne à pomme d'or. Son compagnon, d'une taille moyenne, n'avait de remarquable que son regard oblique et perçant ; il avait à la main un rouleau de papier.

— Voilà de drôles de gens pour traiter une affaire d'honneur, pensa Arthur, et il les pria de s'asseoir.

— Nous n'avons pas le temps, dit le petit homme en s'inclinant avec politesse. Votre nom est Delmaine, et vous êtes le neveu d'un baronet anglais, n'est-ce pas ?

— Mon nom est Delmaine, Monsieur, et je

suis resté chez moi jusqu'à présent, dans l'attente de votre visite.

— Vraiment! dit le petit homme en se tournant vers son compagnon de l'air d'une naïve surprise : c'est fort singulier que cela, monsieur Grippefort !

L'huissier sourit d'un air malin, haussa les épaules, et se contenta de répondre : — Sans doute Monsieur se trompe.

— Ne venez-vous point m'apporter un cartel de la part du marquis de Forsac ? demanda Arthur.

— Du marquis de Forsac ! mais, bien sûrement, non. Ce Monsieur, et il désignait l'huissier du doigt, a dressé le procès d'arrêt qui a été obtenu contre vous, et je suis le juge-de-paix du quartier. Peut-être Monsieur ignore-t-il que ce n'est qu'un acte de politesse de ma part qui m'amène chez lui. Aucun huissier ne peut arrêter un homme comme il faut dans ses propres appartemens, à moins qu'il ne soit accompagné d'un juge-de-paix, et il aurait été fort désagréable pour vous d'être arrêté dans la rue.

— Maudite soit votre politesse! s'écria Arthur en anglais, et le petit homme, qui ne connaissait pas un mot de cette langue, prit cette exclamation pour un remercîment, et s'inclina de nouveau.

— Mais à propos de quoi m'a-t-on intenté ce procès? Assurément, il doit y avoir quelque erreur; car je nie que je doive à qui que ce soit dans Paris une somme importante.

Le juge-de-paix fit un bond de surprise et prit un air grave; puis, se tournant vers l'huissier : —Lisez le procès, monsieur Grippefort.

L'huissier, tirant un papier du rouleau qu'il avait à la main, fit ce qui lui était ordonné; et Arthur, à sa grande surprise, apprit qu'il

était arrêté à la demande de Pierre Godot,
pour une somme de trente mille francs.

— Mais, impossible ! s'écria-t-il : mes billets
sont à six mois de date, et une semaine ne s'est
pas encore écoulée. C'est une manière d'agir
infâme, scandaleuse, illégale.

— Pardonnez - moi, Monsieur, répondit
vivement le petit juge, bien déterminé à ne
pas laisser Arthur paraître en savoir plus que
lui sur la législation française, ce n'est nullement illégal, c'est d'après le cours de notre
administration de justice. Lorsqu'un débiteur
jure que son créancier est sur le point de partir
dans le but de ne point le payer, il a le droit
de le faire arrêter à l'instant, lors même que
ses billets seraient non à six mois, mais à six
ans de date.

— Que diable voulez-vous dire, Monsieur ?
observa fièrement Delmaine. Qu'a de commun
tout cela avec la question qui nous occupe ?

— Qu'a de commun tout cela avec la question qui nous occupe! répéta le juge-de-paix, en s'élevant de toute la hauteur de sa petite personne; mais le plus grand rapport, il me semble. Pierre Godot a juré que vous étiez dans l'intention de quitter Paris et de retourner en Angleterre, dans le but de lui faire perdre le montant de vos billets.

Delmaine demeura pétrifié d'étonnement, puis il s'écria :

— Grand Dieu! quel vieux pendard !

— Est-il donc vrai, Monsieur, dit le petit homme, frappé de la surprise et de l'indignation d'Arthur, est-il donc bien vrai que vous n'avez pas eu cette intention ?

— Monsieur, s'écria Arthur d'un air fier, et en se tournant vers l'huissier : Je suis prêt à vous suivre.

— Un instant, dit le juge-de-paix; il y a encore une formalité à remplir, et, s'approchant de la porte qu'il ouvrit, il appela Pierre Godot.

Il n'obtint aucune réponse.

— Pierre Godot ! s'écria-t-il d'une voix plus forte, si vous désirez que votre jugement d'arrêt soit exécuté, montez sur-le-champ !

L'instant d'après, la pâle et livide figure de l'usurier se dessina dans le corridor. On l'aurait bien plutôt pris pour un voleur saisi sur le fait, que pour l'honnête créancier de trente mille francs ; il était évidemment honteux et tremblant de devoir paraître devant Arthur pour reconnaître l'identité de sa personne et prévenir toute méprise. Il avança lentement, ayant à peine la force de mettre un pied devant l'autre.

Le misérable tressaillit de crainte en apercevant son débiteur, et se plaça derrière l'huissier, comme pour chercher aide et protection.

— Est-ce bien là le Monsieur contre qui vous avez obtenu votre mandat d'arrêt ? Regardez-le bien, et dites si c'est le même.

Pierre Godot avait évidemment remplacé ses lunettes ; car, d'une main tremblante, il en sortit une paire de sa poche et réussit, après quelque difficulté, à les placer sur son nez, et, toujours derrière l'huissier dont le corps lui servait de rempart, il effectua sa reconnaissance. Quoique irrité et indigné contre lui, Delmaine ne put s'empêcher de sourire de la singulière attitude du misérable.

— Est-ce bien là votre débiteur ? répéta le juge-de-paix.

— Oui, c'est bien lui.

— Persistez-vous toujours dans le serment que vous avez fait ?

— Mais il ne peut y avoir de doute, murmura l'huissier, tremblant de perdre le bénéfice que lui présentait cette affaire.

— Je le jure de nouveau, je l'affirme, s'écria Pierre Godot avec énergie. Je tiens de bonne part ce que j'avance, et je déclare n'avoir dit que la vérité, monsieur le juge.

— Vous le voyez, Monsieur? dit le petit magistrat en s'adressant à Arthur; il persiste dans son serment, et nous devons agir en conséquence, ce qui me peine véritablement.

— Puis-je me retirer? demanda Pierre Godot, tremblant de tous ses membres à la vue de son débiteur qui, furieux, frappait du pied sur le parquet.

— Oui, vous pouvez vous en aller.

En trois sauts il gagna la porte, et on l'entendit descendre précipitamment l'escalier.

— Si Monsieur peut trouver deux respectables propriétaires qui veuillent bien répondre de sa présence au moment de l'échéance des billets, cette affaire peut encore s'arranger,

observa l'huissier en jetant un regard sur le
juge-de-paix.

Le juge-de-paix jeta à son tour un regard sur Arthur qui, tout entier à ses réflexions, ne faisait nulle attention à eux.

— Monsieur Delmaine, lui demanda enfin
le juge, bon diable au fond, ne connaîtriez-
vous personne qui voulût répondre de votre
présence à l'époque du paiement ?

— Non, répondit-il d'un ton de rage et
d'impatience.

— Alors, je suis fâché de devoir vous dire
qu'il faut que vous nous suiviez.

— Vous me permettez auparavant de parler
à mon domestique, n'est-ce pas ?

Il sonna, et le fidèle Walter s'empressa
d'accourir ; il jeta en entrant un regard de
défiance sur les deux étrangers, et ne sut à
quoi attribuer l'air d'embarras qu'il lisait
sur toutes les physionomies.

— Walter!

— Monsieur !

—Je suis arrêté, et l'on me mène en prison.

— Grand Dieu ! ce n'est pas possible ! s'é-
cria le vieux soldat avec désespoir.

— Oui, Walter, je suis arrêté et conduit en
prison. Écoutez ce que j'ai à vous dire.

—Je vous écoute, Monsieur; et le bon
vieillard avait peine à se soutenir.

— Vous ferez en sorte que mon oncle ne
sache pas ce que je suis devenu.

— Sûrement, mon cher maître, vous ne
prétendez pas ?

— Silence !.... je vous défends, sous quelque prétexte que ce soit, d'instruire mon
oncle de ma situation ; rappelez-vous que ma
conduite future à votre égard dépendra de
votre obéissance. Puis, se tournant vers les
harpies de la loi, il leur déclara qu'il était
prêt à les suivre.

— Après vous, Monsieur, si vous le voulez bien, dit le petit juge en s'inclinant profondément et en faisant signe à Arthur de passer le premier.

— Ne vous inquiétez pas, dit Delmaine en passant auprès du vieux serviteur, immobile à la porte comme une statue; et, descendant l'escalier, suivi par ses gardiens, il se trouva bientôt dans la rue.

Un fiacre les attendait; ils y montèrent en silence, et personne autre que le vieux Walter ne sut de quoi il s'agissait. Au bout d'une demi-heure les deux haridelles s'arrêtèrent, et Arthur fut incarcéré à Sainte-Pélagie.

XVIII.

La société, la vue des indifférens,
ne fait qu'ajouter à la profonde tristesse de celui que consume une peine
de cœur.

Le soir même du jour où Arthur fut arrêté,
l'ambassadeur anglais donna un grand bal où
furent invités presque tous ceux de sa nation
résidant à Paris ; ce qui forma une réunion
bien digne des remarques d'un observateur ;
car on y voyait à la fois le noble , le roturier ,

le riche et le pauvre mêlés et confondus ensemble.

Les bals que donne l'ambassadeur, à certaines époques de l'année, sont en quelque sorte publics, et plus des trois quarts de ceux qui s'y rendent sont entièrement inconnus à Sa Seigneurie. Il suffit d'avoir laissé une carte à son hôtel pour y être invité. Ces bals peuvent être comparés, en quelque manière, à ceux que donne à Londres le lord-maire; avec cette différence, cependant, qu'il y règne beaucoup plus de décence, et qu'on ne se hasarderait pas à s'y présenter avec des bottes couvertes de boue.

La famille Stanley avait reçu une invitation particulière, et, comme la santé de sir Edouard s'était un peu améliorée depuis quelques jours, le colonel désira qu'Hélène s'y rendît; le bon vieux baronet lui-même déclara que, si elle s'y refusait, il ne lui permettrait plus de

continuer à être sa garde-malade. Hélène,
ainsi pressée de toutes parts, y consentit,
quoique à regret.

Depuis le jour, où, en se rendant à Tivoli
avec Dormer, son attention avait été attirée par
les adieux qu'échangeaient Adeline et sa mère,
et qu'en jetant les yeux sur la croisée, elle
avait aperçu la jeune fille auprès d'Arthur qui
l'enlaçait d'un de ses bras, elle n'avait plus
prononcé le nom de Delmaine, et une profonde
tristesse s'était emparée de son ame. Elle affec-
tait cependant, sur ce sujet, une grande indifférence dont ni Dormer ni son père n'étaient
la dupe. Sans l'état alarmant de sir Edouard,
le colonel se serait rendu dans le midi de la
France; mais, tandis qu'il désirait vivement
essayer si le changement de lieu ne contribue-
rait point à distraire Hélène et à lui rendre sa
gaieté, il ne pouvait se décider à laisser l'ami
de sa jeunesse seul et malade sur une terre

étrangère. Car, quoique sir Edouard fût de
quelques années plus âgé que lui, la plus intime amitié avait toujours régné entre eux.
Hélène avait d'ailleurs déclaré que les craintes
de son père étaient entièrement chimériques ;
qu'elle ne s'était jamais mieux portée, et que
l'idée seule d'un voyage en province était suffisante pour accroître sa prétendue mélancolie.
Ainsi que Walter l'avait fidèlement rapporté à
son maître, elle était devenue la garde assidue
du bon vieux baronet, dont l'irritation contre
Arthur se manifestait souvent par de fréquentes
exclamations, alors qu'il découvrait tous les
jours de nouvelles vertus dans celle qui lui
prodiguait tous les soins d'une fille.

Outre la satisfaction qu'elle éprouvait
à adoucir les souffrances de l'oncle d'Arthur
qu'elle ne pouvait s'empêcher d'aimer encore,
malgré tous ses défauts, Hélène trouvait dans
les nouveaux devoirs qu'elle s'était imposés un

prétexte pour refuser de se rendre aux nom-
breuses invitations qui lui arrivaient de toutes
parts. La société, loin de lui offrir le moindre
plaisir, la moindre distraction, ne faisait
qu'ajouter à sa profonde tristesse; mais, quoique le colonel eût cessé de combattre son éloi-
gnement pour le monde, il insista pour qu'elle
se rendît à l'invitation que leur avait envoyée
l'ambassadeur, et Hélène, pressée par son
père et par sir Edouard, se trouva dans l'impossibilité de refuser : elle espérait d'ailleurs
rencontrer Delmaine dans cette brillante réunion; aussi mit-elle le plus grand soin à sa
toilette et éprouva-t-elle un battement de cœur
inexprimable en montant dans la voiture qui
devait la conduire au faubourg Saint-Honoré.

Il était près de onze heures lorsqu'ils arri-
vèrent. Le magnifique hôtel de l'ambassadeur
était resplendissant de lumières, la cour était
encombrée de riches équipages; les sons d'une

musique harmonieuse annonçaient que le bal était déjà commencé. En dépit de tous ses efforts pour paraître gaie, Hélène éprouva un insupportable serrement de cœur, lorsque, prenant le bras de son père, elle traversa plusieurs salles pour se rendre dans l'appartement où se trouvait l'ambassadeur, entouré de tous les représentans des cours étrangères.

Miss Stanley, comme nous l'avons déjà dit, avait donné le plus grand soin à sa toilette; son costume était à la fois riche, simple et élégant : une robe de satin blanc, bordée de blondes, dessinait admirablement les contours de sa taille svelte et gracieuse que comprimait une ceinture de tissu d'argent, retenue par une agrâfe de pierres précieuses; à son cou blanc comme la neige, brillait un collier de diamans; un peigne d'or retenait ses beaux cheveux sur lesquels se penchait une simple rose à demi ouverte, et son teint pâle, son air de langueur donnaient à toute sa personne un attrait irrésistible. Il s'éleva à son arrivée un murmure flatteur; tous les yeux se fixèrent sur elle. Hélène n'affecta point de paraître insensible à cet éloge non équivoque rendu à ses charmes; une légère teinte de plaisir anima son joli visage; elle soupira et se dit : — Que n'est-il là !

Peu d'instans après, vint à elle l'aimable et étourdie madame de Sombreuil.

— Eh bien! ma chère, comment vous portez-vous? Mais qu'avez-vous donc fait de M. Delmaine? On ne le rencontre nulle part.

Hélène changea de couleur.

— Je ne saurais vous le dire, il y a quelque temps que je ne l'ai vu.

— Voilà qui est singulier, s'écria la comtesse, nous avons tous cru que cela ferait un mariage; et certes il eût été difficile de trouver

un plus beau couple ; mais il paraît qu'il pren-
dra une femme en France et que vous y choisi-
rez également votre époux : le marquis n'est-
ce pas ? A propos, j'ai entendu dire dernière-
ment que votre Anglais était devenu un peu
roué....... et, sans s'apercevoir du trouble
d'Hélène, elle ajouta : Que de monde il y a ce
soir ; tout Paris est ici ! Oh ! regardez, ma
chère, connaissez-vous cette jolie personne qui
est sous le bras du chargé d'affaires d'Amérique ? Quels beaux yeux bleus ! quelle taille
mignone !

— Si c'est le chargé d'affaires d'Amérique
qui est auprès d'elle, c'est sans doute une de
ses compatriotes.

— Impossible ! dit la comtesse ; les sombres
forêts du nouveau monde ne peuvent rien produire d'aussi distingué. Je n'en dirai pas autant
de la vieille dame qui l'accompagne. Je suis

sûre qu'elle est du siècle passé; elle n'a rien de l'Europe et encore moins de Paris.

— Il me semble qu'il y a dans toute sa personne une expression de douceur et de bonté, répondit Hélène.

— C'est possible, dit madame de Sombreuil avec un léger mouvement d'épaule; mais je la trouve horriblement mal mise. Allons, ma chère, ajouta-t-elle, vous avez absolument l'air d'une déterrée. Passons dans la salle de bal; et prenant son bras, elle l'y conduisit.

Elles s'arrêtèrent pendant quelques minutes devant un cercle de valseurs et allèrent s'asseoir ensuite sur un sopha à l'autre extrémité de la salle. Hélène promenait partout ses regards avec anxiété, dans l'espoir d'apercevoir Arthur; mais, quoique presque tous les Anglais qui se trouvaient à Paris fussent présens, elle ne voyait nulle part celui dont l'ombre seule aurait fait violemment battre son cœur. Dor-

mer n'était pas encore arrivé et, au milieu de
cette foule bruyante, malgré les vives saillies
de sa compagne, elle sentait qu'elle ne s'était
jamais trouvée si isolée que dans ce moment.
Un grand jeune homme d'environ trente ans,
mis avec la plus grande recherche, s'approcha
d'elle d'un air affecté, et l'engagea pour la prochaine contre-danse avec un sourire qui n'avait
d'autre but que de montrer ses belles dents.

— Je vous prie de m'excuser, Monsieur;
mais je ne danse pas, répondit Hélène avec
fierté, surprise de se voir ainsi invitée par un
inconnu.

Le jeune homme rougit et se retira d'un
air qui trahissait sa colère et son désappointement; car son amour-propre se trouvait
blessé.

— Ma chère Hélène, dit la comtesse, comment avez-vous pu refuser un pareil partner!
Ne savez-vous point que c'est là le brillant

monsieur Reinhold qui tous les jours parcourt
les Champs-Elysées dans sa calèche à quatre
chevaux. Mon Dieu ! continua-t-elle, toute
autre jeune fille aurait été enchantée de son
invitation.

— Vraiment ! répondit Hélène en souriant
de l'importance que mettait la comtesse à être
traînée dans une voiture à quatre chevaux ; je
m'avoue incapable d'apprécier l'honneur qu'il
a voulu me faire, et je me propose de ne pas
danser de la soirée : d'ailleurs je ne pourrais
jamais me résoudre à accepter un cavalier
qui ne m'aurait pas déjà été présenté.

— En vérité, ma chère, vous êtes bizarre,
dit madame de Sombreuil ; pour moi, je danse
avec le premier venu, pourvu qu'il danse bien.
Ce Monsieur-là, par exemple, et elle désignait
notre ami, M. Darte, qui promenait ses regards dans la salle, comme s'il eût cherché
quelqu'un digne de son choix, est le seul

homme dans Paris qui mérite la préférence ;
c'est un danseur divin que ce M. Darte.

Dans ce moment, les regards de monsieur Darte rencontrèrent ceux de la comtesse,
et comme s'il y avait lu exprimé ce qu'elle venait de dire, il s'approcha et sollicita la faveur
de danser une contre-danse avec elle.

Madame de Sombreuil sourit, s'inclina en
signe de consentement et dit tous bas à Hélène :
— Regardez comme il danse bien.

Tandis qu'Hélène admirait les mouvemens
aisés et élégans de la comtesse qui contrastaient
avec les poses étudiées et prétentieuses de son
cavalier, le jeune homme que la comtesse avait
désigné sous le nom de monsieur Reinhold ,
suivi d'un autre fat de ses amis, vint s'asseoir
à l'autre extrémité de l'ottomane où elle se
trouvait.

— Eh bien ! Widewood , mon cher , que
dites-vous de nouveau ? Comment vont les

amours? Et il s'étendit à demi et bâilla en regardant Hélène.

— Que pourrai-je vous dire de nouveau?
Vous savez que je ne sors jamais avant quatre
heures, et des gens comme nous ont à s'occuper de toute autre chose que de ce qui se
passe.

— En vérité, vous avez raison; mais con-
venez qu'il fait diablement chaud ici. On n'a
jamais vu tant de monde réuni sous le même
toit; il s'y trouve ce soir toutes sortes de gens,
et il jeta un regard sur miss Stanley.

— Votre observation est des plus justes,
répondit l'homme au magnifique boudoir; je
ne puis m'imaginer où (et il nomma familièrement l'ambassadeur) a été chercher tous ces
gens-là. J'en suis déjà las à mourir.

— Et moi de même, sur mon ame. Je ne
puis comprendre leur fureur de danser. Regardez ce pauvre diable de Darte, il s'en donne

à cœur joie et il n'est jamais las ; je m'étonne
qu'il n'ait pas encore usé ses pieds.

— Pauvre homme ! que je plains ses goûts,
dit Widevood en braquant sur lui son lorgnon.
Mais quelle est cette petite femme à l'air commun avec qui il danse maintenant, continua-
t-il en lorgnant la sémillante et jolie comtesse.

— Je ne la connais pas, répondit monsieur Reinhold, évidemment satisfait de la remarque de son ami ; mais il est quelqu'un qui
pourrait satisfaire notre curiosité, et il se
tourna de nouveau vers Hélène.

— Qu'il est malheureux que de pareilles
gens puissent s'introduire ici ! murmura
Widevood.

— A propos ! qu'est devenu Torrington ? Il
y a un siècle que je ne l'ai vu.

— Ruiné sans ressources ; il fait maintenant
pénitence à Sainte-Pélagie. Mais devinez qui
j'y ai vu conduire ce soir ?

—Comment diable le pourrais-je? quelqu'un de peu d'importance, je suppose ?

— Vous rappelez-vous ce jeune homme qui fit tant parler de lui il y a quelques mois, par suite de sa rencontre avec de Hilliers ?

— Ah ! j'y suis. Le fils, le neveu ou le cousin de quelque vieux et ruiné baronet, n'est-ce pas ?

— C'est cela même, continua Widewood. J'ai été obligé aujourd'hui de me rendre dans cet horrible faubourg Saint-Germain, et, comme je m'en retournais par la rue de la Clé, arrivé en face de la prison, je l'ai vu descendre d'un fiacre, suivi d'un petit homme vêtu de noir, haut de quatre pieds et demi, et du détestable Grippefort.

— Le montant de la dette? le montant de la dette? s'écria Reinhold en souriant; je parierais qu'il n'est arrêté que pour une bagatelle.

— Je pense , au contraire , que c'est pour une forte somme ; car l'huissier Grippefort ne le quittait pas d'une ligne.

— Excellent ! excellent moyen , en vérité , d'apprécier la valeur d'une dette ! mais voyons, faisons un tour ; car je m'ennuie horriblement ici, et , à la grande satisfaction d'Hélène, ils se levèrent et se mêlèrent aux groupes nombreux dispersés çà et là dans la salle.

Ce qu'éprouva miss Stanley durant leur conversation peut mieux se concevoir que se décrire. Elle ne savait trop ce qu'elle ne serait pas condamnée à entendre de la part de deux jeunes gens qui n'avaient d'un homme comme il faut que la simple apparence. Vainement elle avait regardé cent fois autour d'elle pour tâcher d'apercevoir Dormer ou son père. Séparée des personnes de sa connaissance par la foule des danseurs et des spectateurs, elle sentait qu'il serait inutile de tenter de s'ouvrir seule

un passage, et se voyait forcée d'entendre les
remarques insolentes du cavalier dont elle
avait refusé l'invitation. Hélas! elle ne se doutait pas combien leur conversation allait devenir intéressante pour elle ; elle ne se doutait
pas que chacune de leurs paroles allait re-
tentir dans son cœur, et faire pâlir ses joues
qu'elles avaient d'abord fait rougir d'indignation. Émue, agitée, souffrante, elle écoutait
avec désespoir le récit de Widewood, et son
émotion était si forte, qu'au moment où ils
quittèrent l'ottomane, elle était sur le point de
se trahir.

Grand Dieu! se dit-elle, dès qu'elle les eut
vus s'éloigner, est-ce donc là le résultat de ses
folies! Cher et généreux Delmaine, combien
mon cœur déplore votre situation! Mais est-ce
bien véritablement Delmaine qu'il a vu? ne
peut-il s'être trompé? Hélas! non, car il l'a
dépeint comme le parent d'un baronet, et de

plus comme le vainqueur du comte de Hilliers;
et, en songeant au duel, ses causes et ses circonstances se représentèrent vivement à sa
mémoire. Ah! il n'est que trop vrai, se dit-
elle, celui qui a fait de ma cause la sienne
propre, celui qui a exposé sa vie par amour
pour moi, est peut-être étendu maintenant sur
quelque misérable grabat, dans une obscure
prison, et moi, je suis ici !......

La contre-danse terminée, madame de Sombreuil vint se rasseoir auprès d'elle et lui fit
dans le même instant une demi-douzaine de
questions sur ce qu'elle pensait de l'admirable
M. Darte.

Hélène ne savait trop si elle devait se réjouir
ou s'affliger de son retour, car, dans l'état
présent de son ame, elle trouvait l'extrême
volubilité de la comtesse tout-à-fait insupportable, et elle allait lui proposer de rejoindre

le colonel, lorsqu'elle l'entendit soudain s'écrier :

— Ah ! mon Dieu, voilà votre sérieux ami qui s'approche; je me sauve, ma belle, et, s'élançant de l'ottomane, elle s'empressa de rejoindre plusieurs personnes de sa connaissance à l'autre extrémité de la salle.

Hélène leva les yeux et, à sa grande satisfaction, elle aperçut Dormer. Jamais, cependant, on ne l'avait accusé plus injustement d'être sérieux. Le sourire était sur ses lèvres, et toute sa physionomie exprimait la joie la plus vive.

— Miss Stanley, s'écria-t-il, je vous ai cherchée partout; venez, venez avec moi : je désire vivement vous présenter à...... Mais, grand Dieu! que vous êtes pâle! qu'avez-vous donc? Et il s'assit auprès d'elle.

— Monsieur Dormer, répondit Hélène d'un

air sérieux, savez-vous que votre ami est en prison ?

— Delmaine ! vous me surprenez ; depuis quand ? qui a pu vous l'apprendre ?

Hélène lui en fit part en peu de mots.

— Excellent ! s'écria Dormer, se souriant à lui-même en reconnaissant les fils de deux anciens marchands dans les deux insolens fats. Miss Stanley, continua-t-il en s'apercevant de la surprise que lui causait sa gaieté déplacée, ne soyez point fâchée contre moi ; si vous saviez quel motif de joie, quel sujet de bonheur j'ai éprouvé ce soir ?

— Que parlez-vous de joie, de bonheur ! Monsieur Dormer, en vérité, vous avez sur l'amitié d'étranges idées ; car vous ne manifesteriez pas, autrement une si grande gaieté, une si grande indifférence, au moment où vous apprend que l'homme que vous considériez comme le meilleur de vos amis languit dans une prison. Je crains de m'être trompée sur votre compte, continua-t-elle avec chaleur, et en se détournant.

— Miss Stanley, pourriez-vous assez mal me juger, pour ne point croire que mon cœur est navré de douleur en songeant à la situation de Delmaine? Ne me connaissez-vous pas depuis assez long-temps, pour mieux penser de mes sentimens et de mes principes? Hélène, continua-t-il d'un ton plus doux, vous connaissez l'histoire de ma vie; vous savez tout ce que j'ai souffert, vous savez qui j'ai aimé; Hélène, Agathe est ici.

— Agathe Worthington? Est-il possible! s'écria Hélène, oh! pardonnez-moi, monsieur Dormer : mais où est-elle?

— Ici, sous ce même toit, dans l'une des salles voisines où je l'ai laissée pour venir vous chercher.

— Je serai heureuse de la voir; mais pourquoi faut-il que notre joie soit ainsi empoisonnée?

— Miss Stanley , répondit Dormer avec vivacité , je suis sûr que vous n'hésiterez pas à me croire; je n'ai jamais plus qu'à présent été l'ami de Delmaine. Mais nous ne pouvons rien faire pour lui ce soir. Demain, dans la matinée, je prendrai toutes les informations nécessaires, et si vous voulez vous rendre dans la salle à manger une demi-heure plus tôt qu'à l'ordinaire , nous aviserons ensemble aux mesures que nous avons à prendre.

— C'est bien , dit Hélène en jetant sur lui un regard de reconnaissance , et elle se leva : Voyons , montrez-moi l'intéressante Agathe.

Ils s'avancèrent avec peine à travers la foule. Parvenu au lieu où il avait laissé ses amis , Dormer ne les trouva plus et ne put s'empêcher de trahir son impatience.

— Serait-il bien possible que mon père

connût ces dames? s'écria Hélène en jetant les yeux sur un petit groupe.

— Où sont-elles? demanda Dormer; ce sont peut-être celles que nous cherchons, car j'ai laissé le colonel avec elles.

— Serait-il donc bien vrai! Serait-ce là Agathe Worthington? s'écria Hélène, en désignant du geste une des dames auprès de qui se trouvait son père.

— C'est elle, c'est elle-même, répondit Dormer avec passion; c'est Agathe que je n'espérais plus revoir.

Sur un large sopha étaient assises les deux dames qu'Hélène, au commencement de la soirée, avait aperçues sous le bras du chargé d'affaires d'Amérique. Le colonel paraissait être engagé avec la plus âgée dans une conversation animée et à demi-voix. L'autre, assise un peu à l'écart, comme si elle eût voulu éviter d'entendre ce que l'on disait, avait la tête penchée sur son sein et s'amusait à effeuiller la rose qui y était placée.

Elles se levèrent en les apercevant, et leur physionomie exprima la joie la plus vive.

Dormer était heureux de voir réuni sous ses yeux tout ce qu'il aimait. Les deux jeunes personnes parurent enchantées l'une de l'autre, et Arthur fut un moment oublié. La nuit était avancée, l'on songea bientôt à se retirer, mais non sans se promettre de se revoir. Le colonel offrit son bras aux deux dames, pour les conduire à leur voiture. Dormer offrit le sien à Hélène et lui rappela à voix basse le rendez-vous du lendemain ; puis, serrant la main du colonel, il se retira le cœur plein d'espérance et heureux de son avenir.

XIX.

L'œil de l'honnête homme pénétrera bientôt, avec moins de dégoût, dans nos pénitenceries que dans nos administrations.

Lecteurs parisiens, avez-vous jamais été à
Sainte-Pélagie, non pour faire amende honorable de quelque folie, Dieu me garde de le
penser, mais pour visiter au moins quelques-
uns de vos amis, mauvaises têtes, cerveaux

brûlés, à qui vous avez pu charitablement observer, en vidant une bouteille de Champagne,
qu'ils ne se trouveraient point en chartre privée
s'ils avaient voulu suivre vos conseils? Si par
hasard vous vous êtes rendus dans ces murs à
la nuit tombante, à l'heure du dîner, vous com-
prendrez facilement la surprise que dut faire
éprouver à Arthur la scène qui s'offrit à ses
yeux.

Après avoir entendu se fermer sur lui les
énormes portes de la prison, il fut conduit au
greffe, où il fut détenu plus d'une demi-heure,
tandis que M. Grippefort remplissait toutes
les formalités nécessaires pour le remettre à la
garde du concierge. Là, il eut tout le temps
d'examiner les énormes trousseaux de clés
suspendus au mur, et de se faire une juste
idée de l'appartement qui lui était réservé, par
le sombre aspect de celui où il se trouvait. La
table, sur laquelle on avait posé ça et là les dif-

férens papiers relatifs à son arrestation, n'était éclairée que par une seule lumière, qui laissait à peine entrevoir les objets les plus voisins; le reste du greffe demeurait plongé dans l'obscurité la plus profonde. Impatienté de la longueur des formalités à remplir, Delmaine quitta son siége et se dirigea vers l'un des points les plus éloignés de l'appartement. A peine y fut-il parvenu, que son pied se heurta contre un corps étranger, et une voix qui lui était bien connue s'écria d'un ton de terreur :

— Ah, grace, Monsieur, je vous en supplie! Ce n'est pas ma faute, c'est M. le marquis de Forsac qui me l'a dit.

— Qui vous a dit quoi? demanda Arthur, en reconnaissant l'usurier contre le pied duquel il avait été se heurter dans l'obscurité.

— Il m'a dit que vous compliez partir pour l'Angleterre sans me payer, ajouta Pierre Godot.

Delmaine se mordit les lèvres de rage et de confusion.

— Qu'y a-t-il? demanda le concierge tout aussi alarmé que si une révolte venait d'éclater parmi ses prisonniers. Qui êtes-vous? continua-il en saisissant d'une main Pierre Godot à la gorge, tandis que de l'autre il approchait la lampe de son visage.

— Je suis le créancier de Monsieur, s'écria l'usurier, tremblant de tous ses membres.

Le concierge lâcha prise et se tourna vers M. Grippefort pour avoir une explication : — Il a raison, répondit l'huissier, c'est lui qui est en effet le créancier de Monsieur.

Arthur retourna à son siége, rempli de surprise et d'indignation de ce qu'il venait d'apprendre. Misérable marquis, se dit-il à lui-même, cette vengeance est bien digne de toi.

Pierre Godot, dans son impatience de voir écrouer son débiteur, avait précédé le fiacre à la prison et s'était rendu au greffe, où il s'était placé de manière à observer tout ce qui se passait sans être aperçu ; mais en voyant Arthur se lever et se diriger vers le lieu où il était, il avait craint de devenir la victime de sa fureur et avait trahi le marquis pour s'excuser.

A la fin, la somme ordinaire de vingt-deux francs, qui devait lui servir pour un mois de nourriture, ayant été déposée entre les mains du concierge, Delmaine fut laissé sous sa garde, et l'honnête M. Grippefort et son digne compagnon Pierre Godot se retirèrent.

— Monsieur désire-t-il être à la pistole ? demanda un grand monstre de guichetier, dont la physionomie basse et dure à la fois annonçait cette insensibilité de cœur qui caractérise la plupart de ces cerbères, accoutumés dès long-temps à considérer avec indifférence toutes les souffrances de leurs semblables.

Incapable de le comprendre, Delmaine le regarda d'un air surpris.

Le guichetier répéta sa question et prit en même temps un énorme trousseau de clés, mais il n'obtint aucune réponse. Alors le concierge expliqua à Arthur que les détenus pour dettes sont divisés en deux classes : les uns à la pistole, les autres à la paille. Ces derniers sont des malheureux qui n'ont d'autre moyen d'existence que les vingt-deux francs que leur passent leurs créanciers; cette petite somme, à peine suffisante pour les empêcher de mourir de faim, les laisse dans la privation des choses les plus nécessaires, et ils n'ont pour toute couche qu'une misérable botte de paille que fournit la prison. Pour ceux à la pistole, ils jouissent au moins du luxe d'un lit, et le concierge qui le leur loue en retire un profit immense. Le prix d'une misérable petite chambre, fournie seulement de deux matelas, d'une table et d'une chaise, varie depuis dix jusqu'à vingt

francs par mois. Il y en a cependant quelques-
unes de richement meublées et dont le prix
s'élève de cinquante à cent francs et au-dessus. Excepté dans quelques circonstances ex-
traordinaires, ou alors qu'il achète ce privilége, un débiteur a rarement la consolation
d'avoir une chambre à lui, et la rigueur de sa
situation n'en devient que plus grande encore,
en se trouvant au milieu de gens fort suspects.
Des criminels sont souvent confondus avec
les prisonniers pour dettes ; ce qui est, sous
tous les rapports, un acte injuste et immoral,
et cependant l'œil de l'honnête homme pénétrera bientôt, avec moins de degoût, dans nos
pénitenceries que dans nos administrations.

— Quoi ! s'écria Arthur, dès que ces différentes circonstances lui furent connues, ne
pourrai-je pas avoir une chambre à moi ?

— Je crains fort que non, répondit le concierge : toutes les chambres particulières sont

occupées, et nous aurons même de la peine à placer un lit pour vous. François! combien de lits y a-t-il dans le n° 18 ? continua-t-il en se tournant vers le guichetier.

— Il n'y en a que cinq ; on trouvera de la place pour Monsieur.

Arthur songea au bel appartement dont on venait de l'arracher et ne put s'empêcher de frémir à l'idée d'occuper une chambre où se trouvaient déjà cinq individus.

— Je paierai volontiers tout ce que l'on voudra pour le plus misérable petit trou de toute la prison , pourvu que je l'occupe seul , s'écria-t-il avec vivacité.

Le concierge jeta de nouveau un coup d'œil sur le guichetier.

— Ne pourriez-vous pas tâcher d'avoir un cabinet pour Monsieur ? lui demanda-t-il.

Le guichetier réfléchit un moment et hésita à répondre. Arthur en augura bien et fit briller

à ses yeux une pièce d'or. Un geste impercep-
tible lui donna à entendre qu'on l'avait compris.

— Mais oui, nous avons de vide la petite
chambre où ce jeune Anglais est mort hier ;
mais peut-être Monsieur refusera-t-il de l'accepter, quoique la fenêtre en soit restée ouverte
jusqu'à présent ?

Qu'il est vrai que ce que nous regardons
comme heur ou malheur dans cette vie dépend
des différentes situations où nous sommes jetés
par le sort ! A peine le guichetier eut-il avoué
qu'il se trouvait dans la prison une misérable
petite chambre vacante, par la mort récente de
l'infortuné qui l'avait occupée, qu'Arthur saisit avec joie la perspective de se trouver seul,
et déjà sa position lui parut dépouillée de la
moitié de son horreur.

— Pour tout au monde, s'écria-t-il en se
tournant vers le concierge, donnez-moi cette

chambre ; elle doit avoir déjà suffisamment
pris l'air.

Le concierge fit un geste d'assentiment, et
se tournant vers le guichetier, il lui dit : —
Allons, François, conduisez Monsieur.

Le guichetier sortit du greffe suivi de son
prisonnier, traversa une espèce de salle, et,
passant sous une forte porte de fer qu'il fit
tourner sur ses gonds et referma soigneusement
sur lui, il parvint enfin à l'extrémité d'un
sombre passage terminé par une porte semblable à la première, et qui aboutissait au
corps de logis, à l'extrémité duquel se trouvait la chambre d'Arthur. En traversant les
différens corridors qui y conduisaient, il
fut étrangement surpris du spectacle qui s'offrit à ses yeux. Nous avons déjà fait observer
que c'était l'heure du dîner, et ceux des prisonniers de Sainte-Pélagie qui étaient à la pistole ne paraissaient pas l'avoir oublié. On en-

tendait de tous côtés les ordres donnés aux
garçons des divers restaurans établis sur le
lieu même ; on les voyait aller et venir avec cette
activité particulière à leur profession, portant
à leurs différentes destinations les potages ,
les fricandeaux , les filets , les ragoûts , les
volailles , les omelettes soufflées , et cela avec
un zèle , une promptitude qui ne sauraient
être surpassés chez Véry, chez Véfour, aux Frè-
res-Provençaux, au Rocher de Cancale même.
L'air des corridors, surchargé de la vapeur des
différens plats qui les traversaient dans tous les
sens, était à peu près semblable à celui que
l'on respire au Palais-Royal en passant au-
dessus des cuisines souterraines de Chevet.
L'odeur de la pipe et des cigares de ceux qui,
moins heureux, se promenaient, après avoir
dévoré un modeste dîner, ne se distinguait
même pas. Çà et là s'élevaient de bruyans
éclats de rire , auxquels se mêlaient des voix

de femme. Puis , l'on entendait les uns demander à grands cris du Champagne, les
autres du Bordeaux : toute la prison paraissait
enfin plongée dans une complète orgie.

— Voici votre chambre, Monsieur; demain
nous tâcherons de l'arranger de manière à ce
que vous soyez mieux logé, dit le guichetier
en poussant une petite porte qui cria sur ses
gonds rouillés; et posant la lumière, il laissa
apercevoir à Arthur un misérable petit, sombre et obscur appartement, dont les murailles
étaient entièrement couvertes des figures et
des devises fantastiques que s'étaient amusés à
y tracer les malheureux qui l'avaient déjà
habité. Dans un coin se trouvait un mauvais
petit lit avec un matelas d'un pouce à peine
d'épaisseur, un oreiller où il n'y avait pas une
poignée de plume, et une couverture dont le
plus habile n'aurait pu deviner la couleur.
Sur une vieille table se trouvait une bouteille

vide, surmontée d'un bout de chandelle, un reste de mouchettes et un vase de terre tout écorné, qui était là évidemment pour tenir lieu de verre. Deux vieilles chaises, dont l'une entièrement dépaillée, étaient placées auprès d'un petit poêle, et ce dernier objet de luxe fit éprouver à Delmaine le plus vif plaisir, car la nuit était extrêmement froide, et le coup d'œil qu'il avait jeté sur son lit ne lui laissait pas l'espoir de pouvoir goûter un instant de repos.

— Pourrais-je avoir du feu? demanda-t-il, en jetant autour de lui un sombre regard.

— Certainement, si Monsieur paie pour cela, répondit le guichetier, qui attendait la pièce d'or promise à sa civilité.

— Et de l'encre, des plumes, du papier, cela ne souffre aucune difficulté, je pense, continua Arthur, en tirant lentement de sa bourse les deux napoléons qui lui restaient des vingt mille francs de Pierre Godot.

— Je vais en demander, dit le guichetier en examinant furtivement la bourse, et sa dure physionomie prit une expression de mé-pris en voyant combien peu elle était gar-nie.

— Voici la pièce d'or que je vous ai pro-mise, continua Delmaine; vous me procurerez du bois, de la chandelle, quelque chose à manger, et une bouteille de vin.

Le guichetier promit de ne pas perdre de temps à remplir ces différens ordres, puis pre-nant le bout de chandelle qui était dans sa lan-terne, il alluma celui qui était sur la bouteille, ferma soigneusement la porte, tira deux ou trois pesans verroux, et s'éloigna. Le bruit de ses pas retentit long-temps dans le corridor, et se perdit enfin dans le lointain.

Laissé seul à ses méditations, Arthur se jeta

sur la seule chaise tenable, et, penchant la tête et croisant les bras sur son sein, il commença à réfléchir à toute sa conduite depuis son arrivée à Paris. Il est inutile de dire le vif sentiment de regret qu'il en éprouva. Quelles qu'aient été ses folies et ses faiblesses, son cœur n'était pas fermé à la vérité : il avait la conscience de ses torts ; et cependant si grand était son orgueil, qu'il avait peine à se les avouer à lui-même, aussi songeait-il avec effroi aux reproches que son oncle ne manquerait pas de lui faire dans le cas d'une réconciliation, car il connaissait trop bien sir Édouard pour espérer de lui voir oublier de sitôt le passé.

Il fut arraché à sa rêverie par le bruit des pas du guichetier, qui l'instant d'après ouvrit la porte et parut à ses yeux chargé d'un fagot de bois, et ayant à la main deux feuilles de papier et deux chandelles.

— Voici tout ce qu'il vous faut, Monsieur,

observa-t-il; on va vous apporter à dîner à l'instant même, et, à la grande satisfaction d'Arthur, il se mit à allumer le feu.

— Le dîner de Monsieur, dit un grand et dégourdi garçon en entrant dans la chambre, avec un plateau d'où s'exhalait une odeur bien capable d'exciter l'appétit d'un prisonnier pour dettes, même le premier soir de son incarcération; et il plaça un pain, un poulet rôti et une bouteille de vin sur la table.

— Un assez bon dîner pour vingt francs! murmura Arthur en s'apercevant que le garçon se retirait, je m'étonnerais fort qu'il y eût compris le déjeuner pour demain.

— Monsieur a-t-il tout ce qu'il lui faut pour ce soir? demanda le guichetier qui, après avoir réussi à faire un assez bon feu, se disposait à sortir.

Arthur répondit affirmativement, et le cerbère se retira après avoir soigneusement fermé et cadenassé la porte.

Tout bien considéré cependant, Delmaine fit un excellent repas et rendit plus que justice à la bouteille de méchant vin placée auprès de lui ; mais il se trompait en supposant que le restaurateur avait été enrichi de plus de la moitié de sa pièce d'or ; son dîner ne coûtait que la modeste somme de dix francs ; le reste avait été employé par l'honnête François à acheter deux fagots de quinze sous, une demi-livre de chandelle et deux feuilles de papier.

Après le plaisir vient la peine, dit le sage, de même, après un dîner fait à seul, vient la réflexion. Quittant la table qui ne lui offrait plus d'appas, Arthur s'approcha du poêle, appuya de nouveau sa tête sur sa main, et s'abandonna à ses méditations. Tout exécrable que fût le vin qu'il avait bu, il avait puissamment contribué à égayer ses sombres pensées, et un rayon d'espérance brillait maintenant dans son cœur ; il songeait à sa délivrance prochaine, quoique son imagination même ne lui offrît aucun moyen de l'effectuer de sitôt. Assoupi par l'action du vin et du feu, il prit la bouteille qui lui servait de chandelier et s'approcha de son misérable lit. Après une courte inspection qui fut bien loin d'être satisfaisante, il s'amusa à regarder les différentes figures tracées au charbon sur le mur. Tout au-dessus du lit se trouvaient écrits au crayon une infinité de noms dont l'un, en plus gros caractères que les autres, paraissait avoir été tracé tout récemment ; il était entouré d'une grande paraphe dans laquelle se trouvaient plusieurs lignes en fort petits caractères. Arthur approcha davantage la lumière, et, à son grand étonnement, il lut le nom à lui bien connu de Henri Torrington, suivi de ces mots : « Qui que tu

« sois que le hasard amène à me remplacer
« dans ces lieux maudits, que mon sort te
« serve d'exemple. Les salons d'écarté ont
« occasionné ma perte; abandonné, trahi par
« ceux que je regardais comme mes amis les
« plus chers, j'ai été abreuvé de dégoûts et
« d'humiliation ; j'ai bu jusqu'à la lie le calice
« de l'infortune ; je n'ai d'autre espoir de
« sortir d'ici que par la mort, adieu. »

— Ciel ! s'écria Delmaine, rappelé soudain
à toute l'horreur de sa position, serait-il bien
possible?

Torrington avait été l'un de ses compagnons
de collége et l'ami intime de l'infortuné Wil-
mot, qu'il avait accompagné en France, et
avec lequel il était lié par une sympathie de
goûts, de mœurs et d'habitudes. Arthur lut
une seconde fois les lignes tracées par ce malheureux jeune homme, et ne put s'empêcher
de frémir, en pensant que sur ce lit où il allait

chercher le repos, Torrington avait sans doute
mis fin à son existence. Oh! combien les salons d'écarté, avec tous leurs attraits perni-
cieux, lui parurent affreux dans ce moment!
Combien ne maudit-il pas l'instant où il y
avait mis les pieds, l'instant où il avait connu
Adeline et de Forsac!

Il continua pendant quelque temps à se promener de long en large dans son étroite petite
chambre; il lui semblait avoir sous les yeux
l'ombre sanglante de Torrington, il lui semblait voir découler un ruisseau de sang du
lit où il avait rendu le dernier soupir. D'une
main tremblante, il retourna le matelas et
examina les couvertures et l'oreiller, mais
rien ne portait les traces d'une mort violente;
il n'aperçut pas même la moindre petite tache
qu'on pût prendre pour du sang, et il en respira plus à son aise.

Un bruit de clés et de verroux lui annonça

que c'était l'heure où l'on renfermait les prisonniers, et à la grande satisfaction d'Arthur le guichetier s'arrêta à sa porte, l'ouvrit, y jeta un coup d'œil pour s'assurer de son identité ; il se disposait à la refermer, lorsque Delmaine l'arrêta.

—Un instant! s'écria-t-il, en lui faisant signe de la main d'avancer.

Le cerbère étonné demeura quelque temps indécis et obéit enfin.

—Quel est le nom de l'Anglais qui est mort hier dans cette chambre?

— Monsieur Tor... Tor... ma foi, je ne pourrai jamais prononcer son nom.... et il frappait vainement du pied comme pour réveiller sa mémoire.

— Torrington ! n'est-ce pas? observa Arthur.

— Oui, Torranton, c'est bien cela, je me le rappelle à présent.

— Mais comment le savez-vous, Monsieur ?

— Quelle est la cause de sa mort? demanda Arthur, sans s'arrêter à répondre à la question qui lui était faite.

— La cause... la cause... répéta le guichetier en hésitant.

— Oui , la cause? Il s'est suicidé, n'est-ce pas ?

— Non, Monsieur , répondit le guichetier qui avait ses idées particulières sur le suicide, il a seulement brûlé une si grande quantité de charbon qu'il en a été étouffé.

— C'est là une distinction bien digne d'un métaphysicien, pensa Arthur, convaincu que Torrington avait eu recours à la méthode la plus sottement à la mode de se détruire , celle de s'enfumer comme un renard. — Il fit un signe au guichetier, et le cerbère se retira en lui souhaitant le bonsoir.

Resté seul, Arthur ranima le feu , moucha

sa chandelle; mais en dépit de lui le sommeil appesantissait sa paupière, et il jetait de temps à autre un coup d'œil sur son lit, qui, tout misérable qu'il était, ne l'invitait pas moins au repos.

L'homme a naturellement plus en horreur la vue du sang que celle de la mort. L'idée que Torrington avait terminé ses jours par un rasoir ou par un pistolet aurait éloigné Arthur de la couche où il avait rendu le dernier soupir, tandis que, convaincu de son asphyxie, il n'hésita pas à y reposer ses membres fatigués.

Il ne tarda pas à s'endormir : son sommeil fut agité, ses songes furent affreux ; il vit tour à tour errer devant lui l'ombre de Torrington, d'Adeline et de Forsac.

Il était près de neuf heures lorsqu'il se réveilla ; son sang pétillait dans ses veines, sa tête était brûlante ; il s'élança vers la fenêtre et passant ses mains à travers les barreaux de

fer, il réussit à écarter les volets et à donner
passage à un air plus pur qu'il respira avec
avidité. De cette fenêtre il découvrit une partie
de Paris. C'était par un beau jour d'automne,
le soleil brillait à l'horizon et se réfléchissait
sur le dôme des monumens avec un éclat qui
redoublait la tristesse de son cœur. Tout au-
dessous de lui se trouvait la cour de la prison,
où il avait passé la veille au soir, et ses yeux
s'étant dirigés par hasard de ce côté, il vit le
farouche guichetier la traverser dans la direc-
tion de la porte que lui cachait l'angle du mur.
L'instant d'après on entendit dans la serrure
le bruit d'une grosse clé, et la porte tourna
en criant sur ses gonds. Le guichetier traversa de nouveau la cour, mais il n'était point
seul. Une femme enveloppée d'un manteau
noir suivait ses pas, un voile épais tombait
sur son visage et empêchait de distinguer ses
traits. Sa démarche était incertaine, elle pa-

raissait vivement émue. Arthur la regarda attentivement, et s'imagina reconnaître Adeline.

— C'est elle, s'écria-t-il involontairement ; mais non, continua-t-il après une pause, cela ne peut être ; je me suis trompé.

La jeune femme disparut dans l'intérieur de la prison et Delmaine quitta la fenêtre. Ses yeux tombèrent de nouveau sur les lignes tracées par Torrington , et de nouveau il maudit dans son cœur les funestes égaremens qui avaient causé sa perte. De Torrington il fut naturellement amené à réfléchir sur sa propre situation, ce qui le remplit du plus vif ressentiment contre ceux dont il avait été la victime. Dans ce moment le guichetier ouvrit sa porte.

— Monsieur, il y a quelqu'un qui désire vous parler.

— Dites que je ne veux voir personne, s'écria Arthur d'un ton d'humeur, car il comprit à l'instant qu'il ne s'était point trompé dans ses conjectures.

— Mais, Monsieur, c'est une fort belle dame qui a l'air tout éplorée, répondit le guichetier, convaincu que l'argument serait infaillible.

— Dites-lui que je ne veux point la voir, répéta Arthur d'un ton décidé.

On entendit au dehors pousser un profond soupir, le guichetier se retira de quelques pas dans le corridor et dit à voix basse :

— Vous le voyez, Madame, Monsieur ne le veut absolument pas.

— Oh! mon Dieu! mon Dieu! s'écria une voix bien connue, d'un accent qui dévoilait le plus profond désespoir.

Les accens de cette voix plaintive parvinrent jusqu'à Arthur ; mais ils ne touchèrent point son cœur. Le voile était déchiré, le charme détruit, il demeura inébranlable dans sa résolution.

Le guichetier rentra de nouveau.

— Ma foi, Monsieur, je ne sais trop que faire. Madame est déjà à la porte, et voyez-vous, elle m'a donné une pièce de vingt francs. Soyez raisonnable, Monsieur.

— Combien de fois faut-il que je vous dise que je ne veux pas la voir? dit Arthur en l'interrompant avec impatience.

— Arthur! Arthur! s'écria la malheureuse Adeline en s'élançant dans la chambre, n'ai-je pas assez souffert? désires-tu me voir mourir à tes pieds?

— Ne me tutoyez pas, Madame. Et sa vue semblait n'avoir contribué qu'à augmenter sa fureur.

Adeline se jeta sur une chaise et fondit en larmes. Arthur fit signe au guichetier de se retirer dans le corridor; il se hâta d'obéir en jetant sur tous deux un regard de surprise.

— Eh bien! Madame, que désirez-vous de

moi ? êtes-vous venue ici pour insulter à mon malheur ?

Adeline ne lui répondit rien ; mais levant la tête et écartant son voile, elle montra à sa vue les traits qu'il avait tant de fois contemplés avec amour. Hélas! la douleur les avait cruellement altérés, ses yeux étaient rouges et humides de larmes, ses lèvres décolorées, son air hagard ; tout en elle annonçait le plus profond désespoir.

— Artifice! pur et simple artifice que tout cela! murmura Arthur, et il ajouta avec véhémence : — De quel droit venez-vous troubler ma funeste solitude? Ces misérables murs mêmes ne sauraient donc me dérober à votre présence? Jetez les yeux autour de vous et voyez l'état où m'ont réduit votre perfidie et celle de votre complice.

— Arthur! Arthur! s'écria la jeune fille tout en larmes en se jetant à ses pieds, que vous êtes injuste? vous brisez un cœur qui n'a jamais battu que pour vous seul.

Un instant Delmaine fut touché de l'apparente sincérité de ses gestes et de ses manières; mais il s'écria bientôt avec une nouvelle véhémence : — Laissez-moi, Madame, retirez-vous, et ne vous hasardez plus à vous présenter devant moi. J'ai pu être dupe de vos artifices une première fois, c'est assez.

— Je ne suis coupable d'aucun artifice; je ne vous ai point trompé. Mon seul crime est de vous avoir aimé trop tendrement. Hélas! j'en suis bien cruellement punie.

Delmaine, sentant sa résolution faiblir en dépit de lui-même, songea à mettre fin à cette dangereuse entrevue.

— Mademoiselle Morincour, dit-il d'un ton froid et décidé, je vous prie de me quitter à l'instant même, et du geste, il lui désignait la porte.

La jeune fille passa la main sur ses yeux, pressa un instant convulsivement son front et se leva avec effort ; tout en elle trahissait la plaie profonde de son cœur.

— Ceci vous appartient, dit-elle, et tirant un petit portefeuille de son sac, elle le lui présenta.

— Que voulez-vous dire ? demanda Arthur en l'ouvrant et en examinant le contenu. Des billets de banque ! — Ils ne sont pas à moi.

— Ils ne forment qu'une petite portion des sommes que je vous ai fait dépenser, mais c'est tout ce que je possède dans ce moment. Prenez-les ; ils sont à vous.

— Jamais ! s'écria Arthur avec fierté. Ce que j'ai dépensé pour vous, je ne l'ai dépensé que pour mon propre plaisir, et il lui rendit le portefeuille.

— Au moins, continua-t-elle d'une voix suppliante, vous ne refuserez pas de prendre le billet que vous m'avez laissé sous enveloppe la nuit dernière. Oh! Arthur, Arthur! quelle fatale nuit!

Delmaine fut affecté. Hélas! comment pouvait-il ne pas l'être, en se rappelant combien de fois il avait pressé contre son cœur avec ivresse, avec amour, celle qu'il avait maintenant sous les yeux, souffrante et méprisée; mais, en se souvenant des événemens de la nuit, il reprit toute sa résolution et dit du ton d'un froid sarcasme :

— Le billet de banque que je vous ai laissé est à vous; gardez-le, ou, si vous ne savez qu'en faire, donnez-le à de Forsac, à votre honorable complice. Ce marquis ne sera que trop heureux de le recevoir.

— Cruel! s'écria Adeline, en pressant son sein de ses deux mains et en levant sur lui un œil sec et égaré, vous avez brisé mon cœur.

Delmaine, dans la crainte de céder à la

pitié qui commençait à s'emparer de son ame, se hâta d'appeler le guichetier. Cet homme, qui était resté dans le corridor, où il avait assez entendu de leur conversation pour comprendre que c'était là une querelle d'amans, se présenta à la porte de la petite chambre.

— Conduisez Madame, dit Arthur, et il se tourna vers la jeune fille. Hélas! elle lui offrit, dans ce moment, l'image du plus profond désespoir; ses mains étaient croisées sur sa poitrine, son visage était pâle comme la mort, et son œil, terne et fixe, faisait frémir à voir.

— Conduisez Madame, répéta-t-il vivement.

Adeline parut soudain sortir de sa stupeur; elle se leva, s'enveloppa de son manteau, cacha ses traits de son voile. — Adieu! s'écria-t-elle d'un son de voix qui fit tressaillir Delmaine, adieu! et se dirigeant vers la porte, elle traversa précipitamment le corridor. Ému, triste jusqu'au fond du cœur, Arthur écoute immobile le bruit de ses pas. A la fin, ils se perdirent au loin ; mais, dans ce moment même, un grand cri, un cri déchirant, frappa son oreille et retentit sous les murs de la prison. Accablé d'un affreux pressentiment, il s'élança dans le corridor, mais il n'aperçut rien : le corridor était désert, partout régnait un morne silence ; il écouta encore ; mais aucun cri ne se fit entendre de nouveau.

XX.

Les juifs sont de fort honnêtes gens ,
comparés à bien des chrétiens, et surtout
aux commissionnaires du Mont-de-piété,
misérables qui s'engraissent de la misère
d'autrui.

Fidèle à l'engagement qu'il avait pris avec
miss Stanley, Dormer se rendit le lendemain
matin à neuf heures à l'hôtel Mirabeau. Hélène était déjà dans le salon et l'attendait avec
impatience. Elle était pâle, triste, et ses yeux

trahissaient le peu de repos qu'elle avait pris durant la nuit.

— Eh bien! s'écria Dormer, après que quelques salutations amicales eurent été échangées entre eux, quels moyens emploierons-nous pour délivrer Delmaine?

— Il n'en est qu'un seul, je pense, répondit Helène; c'est celui de payer le montant de la somme pour laquelle il a été arrêté; nous n'avons pas un moment à perdre; sir Édouard, qui est dans un état des plus alarmans, a déjà exprimé plusieurs fois le désir de le voir.

— Grand Dieu! serait-il bien possible? Ne m'avez-vous pas assuré hier qu'il était beaucoup mieux?

— Oui; mais à notre retour du bal nous l'avons trouvé en proie à une violente attaque de goutte; je ne l'ai quitté qu'au point du jour, et dans ce moment mon père est encore auprès de lui.

— Voilà qui est bien malheureux, s'écria Dormer, qui avait pour le vieux baronet l'affection la plus vive. En vérité, continua-t-il d'un air embarrassé, je ne sais trop ce que nous pourrons faire pour Arthur. Il faudra, comme vous dites, payer ce qu'il doit avant d'obtenir sa liberté ; et... et... Mais pourquoi aurais-je le fol orgueil de vous le cacher ? je ne saurais disposer de la somme nécessaire, qui, selon toute apparence, sera considérable ; je crois qu'il est tombé dans les mains des usuriers ; car il y a quelques jours, me trouvant chez Lafitte, j'ai entendu un homme qui avait tout l'air d'un marchand d'argent, demander des renseignemens sur son compte, ce qui me fait craindre que la dette ne soit bien forte et que nous ne soyons forcés d'avoir recours au baronet ou au colonel.

— C'est ce que nous ne ferons certainement

pas, répondit Hélène ; Arthur a éprouvé assez d'humiliations.

— Mais alors, ma chère miss Stanley, quel parti nous reste-t-il à prendre ?

— Oh ! nous ne sommes pas sans ressources, dit Hélène en souriant, et elle tira de son sac un riche écrin. Voilà, continua-t-elle, les diamans que je portais la nuit dernière ; ils sont de prix, et nous procureront, j'en suis bien sûre, une somme plus que suffisante pour délivrer Arthur. Cependant, je ne voudrais point les vendre, car ils me viennent de ma mère et me sont bien chers ; mais nous trouverons facilement à les mettre en gage.

— Je doute que Delmaine consente jamais à recouvrer sa liberté par un pareil moyen : certainement lui qui daignerait à peine recevoir un service d'un ami intime, ne voudra point devoir une pareille obligation à la générosité d'une personne qu'il a si profondément offensée.

— Mais, je vous en prie, répondit Hélène, secrètement peinée que Dormer lui rappelât le souvenir d'offenses qu'elle voulait oublier, quelle nécessité y a-t-il qu'il sache que je suis pour quelque chose dans tout cela ? Ne pouvez-vous pas dire que l'argent est à vous ?

— Je puis le dire, il est vrai ; mais la difficulté n'en demeure pas moins la même ; vous oubliez qu'Arthur et moi sommes brouillés depuis quelque temps.

— Je vois, répondit vivement Hélène, que vous n'entrez que froidement dans mes projets. Si vous vous fussiez trouvé dans la situation d'Arthur, il eût été bien loin de se montrer aussi indifférent à votre égard.

— Indifférent ! s'écria Dormer ; indifférent, dites-vous, miss Stanley : ai-je bien mérité cette expression ?

—Allons, allons, pardonnez-moi ; vous savez bien que je ne le pense pas ; d'ailleurs le manque de repos m'a rendue ce matin susceptible, impatiente.

Dormer serra la main que lui tendait celle qu'il regardait depuis long-temps comme une sœur, et lui dit : —Croyez-moi, Hélène, indépendamment de l'amitié que je porte à Arthur, le désir que j'ai de vous voir heureuse m'engagerait à m'intéresser à lui ; maintenant, continua-t-il en mettant l'écrin dans sa poche, je vais remplir ma mission. Comptez sur l'assurance que je vous donne, je ferai tout ce qui dépendra de moi.

A Paris, les maisons de jeu et les bureaux du Mont-de-piété sont ordinairement contigus. Combien de joueurs, en sortant de la ci-devant caverne d'iniquités du n° 129, au Palais-Royal, désespérés des pertes qu'ils venaient de faire, et n'ayant plus un sou en poche, n'ont-ils pas

senti renaître leurs espérances en lisant ces
mots : *Commissionnaire du Mont-de-piété*, tracés
en caractères transparens sur l'énorme lan-
terne suspendue en face de ce qui fut autrefois
la Galerie-de-bois! Combien de riches boîtes,
de montres de prix, n'ont-elles pas été portées
à ce bureau pour n'en plus sortir! Combien
de cœurs n'ont-ils pas battu d'anxiété, tandis
que le rustre commissionnaire tournait et re-
tournait les bijoux dans ses mains, avant d'en
fixer le bas prix qu'il avait résolu d'en donner
dès le premier coup d'œil!

Dans le temps de sa passion pour le jeu,
Dormer avait souvent été forcé d'avoir recours
à ce bureau, et plus d'une fois sa riche montre
à répétition avait été engagée pour moins que
le tiers ou le quart de sa valeur. Il s'y rendit
par la porte de derrière, qui donnait dans une
rue étroite, évitant avec soin l'entrée publi-

que, dans la crainte d'être aperçu par quelqu'un de sa connaissance.

Le bureau est au premier au-dessus de l'entre-sol ; Dormer en poussa la porte d'une main tremblante, car le souvenir de ce qu'il avait éprouvé jadis en se rendant dans ces lieux, remplissait son cœur de tristesse. Le commissionnaire était occupé dans ce moment à examiner une parure de diamans que venait de lui présenter une jeune femme enveloppée d'un large manteau, et qui, à l'arrivée de Dormer, avait baissé subitement son voile.

— Ces diamans sont faux, dit enfin le commissionnaire, je ne puis vous prêter dessus plus de trois mille francs.

— Impossible ! s'écria vivement l'inconnue, ils sont véritables et de la plus belle eau, j'en suis bien certaine.

Le commissionnaire sourit d'un air dédaigneux : — Rien ne vous empêche de le dire , mais permettez-moi de vous faire observer que je m'y connais mieux que vous. Je suis depuis trop long-temps dans les affaires pour m'y laisser attraper. Et prenant dans son tiroir quelques billets de banque, il ajouta : Si vous voulez en accepter trois mille francs, les voici.

— Donnez-m'en cinq mille, seulement cinq mille, et sa voix était suppliante. J'ai le plus grand besoin de cette somme. Si vous le désirez, continua-t-elle en s'apercevant qu'il remettait les billets à leur place, je vous rapporterai les deux mille en plus dans quelques jours.

Le commissionnaire haussa les épaules, et dit : Je n'ai pas l'habitude de pareilles affaires ; puis, se tournant vers Dormer : Monsieur désire-t il quelque chose?

— Quand vous aurez terminé avec Madame, et pas avant, répondit Dormer d'un ton indigné.

La jeune femme se tourna involontairement vers lui, et Dormer crut la voir tressaillir, mais à l'instant elle reprit sa première pose et baissant son voile davantage, elle renouvela sa demande d'une voix plus basse.

— Une fois pour toutes, s'écria le commissionnaire avec impatience, je ne puis vous donner que trois mille francs; si vous les refusez, vous n'aurez rien. Pour vous prouver cependant que vos diamans sont faux, vous pouvez les comparer à ceux-ci, qui sont précisément montés de la même manière; et, en disant ces paroles, il se dirigea vers un coin de son bureau, ouvrit un petit coffre, et en tira un écrin absolument semblable à celui de la jeune femme. Vous pouvez facilement vous apercevoir de la différence, continua-t-il. Ceux-ci sont de la première eau, brillans, polis, transparens; comparez-les aux vôtres, et décidez vous-même; je suis trop bon juge en cette

matière pour m'y laisser facilement tromper.

— C'est étonnant, dit la jeune femme en
écartant un peu son voile pour mieux les examiner; en vérité, c'est étonnant, le travail est
absolument le même, celui de l'écrin surtout,
qui a toujours été considéré comme une chose
fort curieuse; il vient aussi de Russie.

— Très-bien; et vous imagineriez-vous, par
hasard, que votre écrin soit le seul qui nous
soit venu de ce pays? Je suppose que les femmes sont à Saint-Pétersbourg tout aussi pas-
sionnées pour les diamans, continua-t-il en se
tournant vers Dormer avec un sourire satiri-
que, qu'elles peuvent l'être à Paris.

— C'est étonnant! c'est inconcevable! continua l'inconnue en se parlant à elle-même;
puis, comme frappée d'un souvenir subit, elle
éleva la voix, et dit : Examinez bien l'agrafe
d'or des véritables diamans, voyez s'il y a

quelques lettres tracées ; si elles correspondent avec les autres, ils sont à moi.

Le commissionnaire fit ce qu'elle désirait.

— Il y a bien certainement deux lettres qui correspondent entièrement avec les autres, ce qui est fort singulier. Vous pouvez vous en convaincre vous-même, continua-t-il en lui présentant les deux écrins à travers le guichet.

— Ils sont à moi, il n'y a pas de doute, s'écria la jeune femme d'un accent où l'étonnement se mêlait à la douleur; on m'a volé mes diamans, et on m'en a mis de faux en place. Décrivez-moi la personne qui est venue vous les apporter.

— Ils m'ont été apportés par quelqu'un avec qui j'ai fait, depuis trois ans, plus d'une affaire de ce genre : un homme d'environ quarante ans, d'une taille haute, d'une mise élégante, et dont la conduite est bien loin d'être régu-

lière, si j'en juge par les fréquentes visites
qu'il me fait; mais voyons, je pense que je
pourrai vous dire son nom, il doit se trouver sur
mon livre; et il ouvrit une espèce de compte-
courant et en parcourut quelques pages. Il
s'appelle M. Ernest de Courval.

— Oui, c'est bien là le nom que prend le
marquis! s'écria l'inconnue, il n'y a plus de
doute, ces diamans sont à moi. Que dois-je
faire pour les ravoir?

Le commissionnaire la regarda quelque
temps d'un air surpris. — Vous n'avez qu'à
me faire rendre par M. Ernest de Courval, qui
sans doute est votre amant, les dix mille francs
que je lui ai avancés, plus les intérêts, à ces
conditions vos diamans vous appartiendront
de nouveau; jusque-là, vous me permettrez
de les garder. Mais Monsieur attend depuis assez long-temps, continua-t-il en désignant

Dormer, acceptez-vous ou non les trois mille francs que je vous offre ?

— Donnez-les-moi, donnez-moi ce que vous voudrez, murmura la jeune femme du ton du plus profond désespoir. Grand Dieu ! continuat-elle, ayez pitié de moi ; et, appuyant sa tête sur sa main, elle attendit en silence que toutes les formalités fussent remplies.

Dormer était aussi touché des manières distinguées et du profond chagrin de la jeune femme qu'indigné de la brutalité du commissionnaire, dont la conduite cependant n'était autre que celle de tous ses confrères. On parle de la rapacité des juifs et de leur insensibilité de cœur ; mais les juifs sont de fort honnêtes gens, comparés à bien des chrétiens, et surtout aux commissionnaires du Mont-de-piété, misérables qui s'engraissent de la misère d'autrui.

— Voilà votre argent, Madame.

La jeune femme, arrachée à sa rêverie, prit

les billets de banque sans prononcer un seul mot, et se dirigea vers la porte; elle s'inclina en passant devant Dormer, qui avait eu l'honnêteté de la lui ouvrir, et il crut reconnaître en elle quelqu'un qu'il avait déjà vu, sans trop se rappeler où.

— Maintenant, Monsieur, je suis à votre service, dit le commissionnaire, après avoir renfermé les deux écrins. Vous avez sans doute quelque petit bijou pour moi, une montre, je présume.

— Vous vous trompez, je n'ai pas de montre, mais une riche parure de diamans.

— Quoi! encore des diamans! on dirait qu'il en pleut; tous mes habitués sont des gens à diamans; sont-ils faux les vôtres aussi?

— Jugez-en par vous-même, dit Dormer en les lui remettant; j'en demande cinquante mille francs. Et il ne demandait une aussi forte somme que parce qu'il s'attendait bien à la voir réduire de moitié.

Le commissionnaire fit un bond de surprise; cependant, à peine eut-il ouvert l'écrin, qu'il ne put s'empêcher de se récrier sur la beauté des diamans et sur leur grande valeur.

— Ces diamans sont véritablement d'un haut prix. Appartiennent-ils bien à Monsieur?

— Certainement, répondit Dormer d'un air indigné.

— C'est bon, murmura le commissionnaire, et, à sa grande surprise, sans même discuter sur la somme, il lui donna sur la banque un bon de cinquante mille francs.

Muni de ce précieux papier, Dormer s'empressa de sortir, et, traversant le Palais-Royal, il se trouva bientôt à l'entrée de la Banque. Durant ce court trajet, il ne songea pas sans surprise à la facilité avec laquelle le commissionnaire s'était rendu à sa demande, et il en vint à craindre d'avoir été pris pour dupe. Son cœur battait avec violence lorsqu'il remit le bon à un commis, qui le fit passer à un autre, qui le remit à un troisième, jusqu'à ce qu'il disparut enfin à sa vue. Cinq minutes d'une cruelle incertitude s'écoulèrent jusqu'à ce que celui qui l'avait reçu en dernier reparût.

— Les cinquante mille francs sont-ils pour Monsieur ? demanda-t-il.

— Oui, oui, s'écria Dormer avec un empressement qui causa quelque surprise à l'employé; ils sont pour moi, continua-t-il d'un ton plus calme, je viens de vous donner un bon du commissionnaire du Mont-de-piété pour le montant de cette somme.

— Les voici, Monsieur, dit l'employé en lui remettant un rouleau de billets; ils sont tous de mille francs; ayez la complaisance de les compter.

Mais Dormer n'y songea seulement pas, il les

mit précipitamment dans sa poche et se hâta
de sortir, laissant les commis faire sur son
compte les conjectures les moins flatteuses ;
arrivé à la place des Victoires, il monta dans
un cabriolet de place, et en moins de vingt minutes il était à la porte de Sainte-Pélagie.

En traversant le vestibule de la prison, il
rencontra deux hommes qui portaient une
femme en apparence évanouie ; un coup d'œil
jeté sur ses vêtemens suffit pour le convaincre
que c'était la même qu'il avait rencontrée au
Mont-de-Piété. C'est là, sans doute, pensa-
t-il, quelque amante passionnée qui, après
avoir tout sacrifié pour un être indigne de son
affection, a encore été repoussée par lui avec
mépris. Comme il s'approchait d'elle, le courant d'air souleva le voile épais qui cachait
son visage, et ce fut avec un sentiment de
surprise et de douleur qu'il reconnut Adeline
Morincour. Son visage était pâle et défiguré,

ses lèvres entr'ouvertes et teintes de sang, en un mot, l'état de cette malheureuse jeune fille ne pouvait qu'exciter la plus vive compassion.

— Grand Dieu! qu'est-ce donc? Qu'est-il arrivé à mademoiselle Morincour? s'écria Dormer.

En entendant prononcer son nom, Adeline entr'ouvrit les yeux, mais en reconnaissant Dormer, elle les referma aussitôt et un, léger frémissement parcourut tout son être.

— Ce qui est arrivé! murmura l'un des deux hommes qui se trouvait être le guichetier, demandez-le à votre compatriote, dont la chambre est au bout du corridor. Aucun Français n'aurait pu traiter sa maîtresse de la sorte. C'est un monstre, continua-t-il du ton d'un homme qui pense à haute voix.

—Non, non, s'écria la jeune fille avec toute l'énergie dont elle était encore capable, et en soulevant sa tête avec peine, la faute est à moi seule.

Épuisée par l'effort qu'elle venait de faire, elle retomba dans un état d'insensibilité; les deux hommes la portèrent vers le fiacre qui l'attendait à la porte extérieure de la prison, et Dormer se rendit au greffe, péniblement affecté de la scène dont il venait d'être témoin.

— Vous avez parmi vos prisonniers un jeune Anglais qui se nomme Delmaine, n'est-ce pas? demanda-t-il au concierge.

— Oui, Monsieur.

— Quel est le montant de la somme pour laquelle il a été arrêté?

— Trente mille francs.

— Envoyez à l'instant chercher son créancier, j'ai sur moi le montant de la dette.

— Je le ferai, si Monsieur le désire; mais cette démarche n'est nullement nécessaire. Si les trente mille francs plus les frais sont déposés en mes mains, le prisonnier sera mis de suite en liberté.

— C'est bien, cela nous épargnera du temps ; mais je voudrais d'abord voir M. Delmaine.

— Voulez-vous le voir ici ou dans sa chambre ?

— Dans sa chambre... est-il seul ?

— Oui, Monsieur ; veuillez me suivre.

Dormer fut conduit à travers les corridors que Delmaine avait traversés la veille, et lorsqu'il fut parvenu à l'extrémité de celui où était situé l'appartement d'Arthur, le concierge le lui montra du doigt.

— Sûrement cela ne peut être sa chambre, cela ressemble trop à la cellule d'un criminel.

— Pardonnez-moi, c'est la chambre de Monsieur ; voulez-vous que je vous accompagne jusqu'à la porte ?

— Non, j'irai seul.

Le concierge se retira et le laissa se diriger seul vers le misérable réduit qu'occupait son ami.

Durant plusieurs minutes après le départ de la malheureuse Adeline, Arthur hors de lui s'était promené à grands pas dans son étroite petite chambre; on aurait dit d'une bête fauve se débattant dans sa cage de fer. Un sentiment de regret et de remords lacérait son ame. Le cri déchirant qu'avait poussé l'infortunée jeune fille retentissait encore à ses oreilles, il aurait donné la moitié de son existence pour s'être montré moins cruel, moins inflexible à son égard. C'était en vain qu'il s'efforçait de justifier sa conduite à ses propres yeux, en se rappelant les torts qu'il lui supposait à son égard. Dans l'espoir de lui voir traverser la cour extérieure, il s'approcha de la fenêtre, et dans ce moment même il aperçut Dormer s'avancer à grands pas vers le vestibule, il le vit s'approcher d'un air d'intérêt de quelqu'un

que lui cachait l'angle du mur. Alors il s'élança
sur la fenêtre, se cramponna aux barres de
fer, et s'efforça de découvrir ce qu'un secret
pressentiment lui annonçait devoir être du
plus grand intérêt pour lui ; il ne fut pas long-
temps à se convaincre que son cœur ne le
trompait pas. Il vit au détour du vestibule,
étendue sans mouvement et supportée par
le guichetier et un autre homme, celle qui, naguère remplie de vie et d'énergie, avait si souvent répondu à son extrême tendresse, à son
amour passionné. Hélas ! qu'elle était changée !
la mort était sur son visage, et ses lèvres étaient
teintes de sang.

— Dieu du ciel ! s'écria-t-il en frissonnant
d'horreur, mon inflexibilité l'a tuée.

La fenêtre contre laquelle il était appuyé était
entr'ouverte, et il pouvait distinguer les différentes voix qui s'élevaient du vestibule. Il entendit l'exclamation de surprise et la question

faite par Dormer, ainsi que la brusque réponse du guichetier indigné. Mais, lorsque la faible voix d'Adeline, s'efforçant de le justifier, parvint jusqu'à lui, le remords brisa sa poitrine et il se retira, incapable de soutenir plus long-temps ce spectacle.

— Oui, je suis un monstre, murmura-t-il ; le guichetier a bien raison, je me suis comporté comme un corps sans ame. Incapable de résister à son impulsion, il s'approcha de nouveau de la fenêtre. Les deux hommes emportaient Adeline dans leurs bras à travers la cour. Au bout de quelques instans, l'énorme porte de la prison cria sur ses gonds et on entendit le bruit d'une voiture, puis la porte fut refermée, et les deux hommes rentrèrent seuls dans la cour.

— Tout est fini ! s'écria Arthur en quittant la fenêtre et se promenant précipitamment dans sa chambre, nous nous sommes vus aujourd'hui pour la dernière fois. Mais qu'est devenu Dormer ? Comment a-t-il pu apprendre que j'étais ici ?

Avant la scène terrible qu'il venait d'avoir sous les yeux, Delmaine aurait repoussé loin de lui toute idée d'une entrevue avec Dormer, comme une chose capable de compromettre son honneur et sa dignité ; il se serait refusé à recevoir la moindre marque d'intérêt de la part d'un homme avec lequel il n'avait pas été intime avant son incarcération ; le triste état où il avait vu l'infortunée Adeline, en lui prouvant que sa douleur avait été vraie et sincère, avait changé son cœur, et il attendait avec impatience l'arrivée de son ami.

Il ne demeura pas long-temps dans cette attente ; les pas incertains d'une personne évidemment peu familière avec les localités de la prison vinrent frapper son oreille.

— Est-ce vous, Dormer? demanda-t-il vivement en s'élançant dans le corridor.

—Oui, c'est moi. Oh! Arthur, est-ce ainsi et dans un tel lieu que nous devions nous revoir?

Dans le même instant, ils se précipitèrent dans les bras l'un de l'autre; il leur sembla qu'un grand poids était soulevé de dessus leur poitrine; ils ne firent pas la moindre allusion à ce qui s'était passé.

— Grand Dieu! quel chenil! s'écria Dormer, après les premières effusions de l'amitié, en promenant ses regards sur la misérable petite chambre.

— C'est véritablement un chenil. Mais je ne suis pas le seul de vos amis qui y ait été enfermé. Vous rappelez-vous Torrington, notre ancien compagnon de collége ?

— Henri Torrington! mais bien certainement. Qu'est-il devenu? il y a bien long-temps que je ne l'ai rencontré.

— Désirez-vous connaître son sort? continua Delmaine; et s'approchant du lit d'un air
sombre, il désigna du doigt les lignes que
l'infortuné jeune homme avait tracées sur le
mur.

Dormer les lut avec désespoir; elles ne
prouvaient que trop que leur compagnon d'enfance avait attenté à ses jours.

— Ah! s'écria-t-il vivement et avec amertume, c'est encore une nouvelle victime de ces
maudits salons d'écarté. Mais le fait de son
suicide vous a-t-il été confirmé? Peut-être,
après tout, est-il mort de quelque maladie.

— Le guichetier qui m'a conduit ici m'a
assuré qu'il était mort suffoqué par une grande
quantité de charbon qu'il avait allumé à dessein. Mais cette jeune fille, Dormer, ajouta-
t-il après une pause; cette jeune fille que vous
avez rencontrée dans le vestibule, qu'est-elle
devenue?

—Il s'intéresse donc toujours à elle, pensa Dormer, et une expression de désappointement se peignit sur sa figure. Le guichetier m'a donné à entendre, dit-il enfin, que vous l'aviez traitée avec la plus grande sévérité.

—Avec sévérité! dites plutôt avec barbarie, s'écria Arthur; je me suis comporté de la manière la plus cruelle à son égard. Mais je vois, à l'expression de votre physionomie, que vous jugez mal de ce qui se passe dans mon cœur. Sachez donc que je n'ignore pas que j'ai été trahi et trompé; tout rapport entre moi et Adeline Morincour est à jamais rompu; je suis enfin rendu à moi-même.

— Dieu soit loué! s'écria vivement Dormer, incapable de dissimuler l'excès de sa joie.

—Cependant, continua Arthur, je ne saurais oublier celle qui m'a été si chère. Oh! Dormer, si vous l'aviez vue comme moi pâle, défigurée, assise sur cette chaise, la vue de son désespoir vous eût déchiré l'ame. Ah! elle a laissé son argent, après tout, et il ramassa le portefeuille que la jeune fille avait laissé tomber à dessein en sortant; elle était venue pour m'offrir ce qu'il contient. Mais où a-t-elle pu prendre ces quatre mille francs qu'il renferme? Avant-hier elle n'avait pas un sou, En vérité, si je n'avais pas été témoin moi-même de son infi-délité, j'aurais pu presque croire à la sincérité de son amour; et il parlait ainsi beaucoup plus à lui-même qu'à Dormer. Il se fit quelques instans de silence.

Dormer se garda bien de dire qu'il avait ren-contré Adeline au Mont-de-piété; il se garda bien de dire qu'il ne pouvait supposer coupable la jeune fille qu'il avait vue solliciter avec tant d'instance, pour prix de ses diamans, la somme qu'elle venait offrir à celui dont l'injustice et l'ingratitude avaient brisé son cœur; il se féli-citait au contraire de l'erreur dans laquelle il voyait Arthur. Elle lui donnait la certitude de son sincère retour vers ses amis.

— Dormer, s'écria Arthur en sortant de la rêverie où il était tombé, je vous supplie de vous rendre auprès d'elle et de lui remettre ce portefeuille en main propre ; vous lui direz que, quoique nous ne devions plus nous revoir, je lui pardonne de grand cœur. Adoucissez autant que possible ma dureté à son égard ; attribuez-la à l'ennui, à l'impatience de ma position. Laissez-moi vous supplier, continua-t-il, de ne pas perdre un seul instant, car le cri déchirant qu'elle a jeté dans le corridor retentit encore dans mon ame ; n'avez-vous point remarqué qu'elle avait du sang sur le visage ?

— Oui, et je suppose qu'elle a dû faire une chute dans l'escalier ; selon toute probabilité, c'est la cause du cri que vous lui avez entendu jeter.

— Je ne sais, dit Arthur en tressaillant à

ce souvenir, ce qui a pu occasioner un pareil cri, mais j'avoue que je suis impatient de connaître tous les détails de cette horrible scène. Consentez-vous à vous rendre chez elle?

— Certainement, Arthur, puisque vous le désirez; mais vous me permettrez de remplir la mission qui m'amène auprès de vous; et s'apercevant que son ami jetait sur lui un regard interrogateur, il ajouta : — Je viens pour vous rendre à la liberté.

— A la liberté, Dormer! Savez-vous bien le montant de la somme pour laquelle j'ai été arrêté?

— Je sais tout. Votre dette s'élève à trente mille francs et il y a de plus cinq cents francs de frais.

— C'est bien, Dormer; mais je ne sais si je dois profiter de votre offre généreuse; vos moyens sont si limités.....

— Ne vous ai-je pas souvent répété que

M. Worthington avait une grande fortune.

— Que voulez-vous dire? s'écria Arthur.
Sans doute vous ne voulez pas me donner à
entendre que vous l'avez revu et que vous vous
êtes réconcilié avec lui.

— Je n'ai pu le revoir, car il est mort ; mais
il a exprimé dans son testament le désir qu'il
avait que je devinsse l'époux de sa fille, si
j'étais enfin guéri de ma fatale passion pour le
jeu.

— Mais, comment avez-vous appris cela?
Avez-vous reçu quelque lettre de l'Amérique?

— Non, Arthur, je l'ai appris de la bouche
même de celle dont une longue absence n'a pas
changé le cœur.

—Quoi! de miss Worthington elle-même! Je
vous en félicite de toute mon ame, mon cher
Dormer. Quand est-elle arrivée? Qui a pu
l'amener dans ce pays?

— Elle est arrivée depuis trois jours ; mais je ne l'ai vue qu'hier et par l'effet du hasard ; j'étais arrêté à parler à un monsieur dans la rue Vivienne, quand la voiture du chargé d'affaires d'Amérique s'arrêta à la porte d'un magasin de modes tout auprès de nous , et vous pouvez vous faire une idée de ma surprise , lorsque je reconnus dans les deux dames qui en descendirent Agathe et sa tante. Je vous raconterai plus tard ce qui s'en est suivi ; qu'il vous suffise de savoir maintenant que , dans huit jours, je serai l'époux de celle que j'ai si long-temps et si passionnément aimée. Mon seul désir est à présent de vous voir quitter ces lieux maudits. J'ai sur moi le montant de votre dette, et le plus tôt sera le mieux. Sir Edouard, qui ignore votre position, est dangereusement malade et a déjà plusieurs fois demandé à vous voir.

— Assez , dit Arthur en serrant dans sa

main celle de son ami, je suis prêt à vous suivre; et il ajouta avec vivacité : — Le colonel
Stanley ignore-t-il aussi ma triste aventure?

— Bien sûrement, répondit Dormer, et
dans la crainte qu'il ne fît la même question
au sujet d'Hélène, il se hâta d'ajouter : — Il
n'est pas nécessaire que nous attendions l'arrivée de votre créancier, il suffit de laisser
l'argent au concierge ; venez donc, hâtez-
vous.

— Quoi! dans cet état? dit Arthur en désignant le désordre de ses habits; puis-je
véritablement me présenter ainsi à mon hôtel?

— On croira que vous avez passé la nuit
au jeu, ce qui est trop commun à Paris pour
attirer la moindre attention. Vous pourrez
d'ailleurs achever votre toilette tandis que
j'irai remplir la mission que vous m'avez donnée.

Delmaine y consentit , et les deux jeunes
gens traversèrent ensemble le sombre corri -
dor. Comme ils descendaient vers les premiers
étages de la prison , le bruit de voix devint
plus fréquent et plus joyeux , et le même fu-
met qu'Arthur avait respiré la veille, annonçait de nombreux déjeuners à la fourchette
pour ceux des prisonniers qui ne semblaient
plus vivre que pour le plaisir de manger.

Tandis qu'ils attendaient, sur la dernière
marche de l'escalier, que le guichetier vînt
leur ouvrir la barrière qui les empêchait de
pénétrer jusqu'au greffe , Dormer attira l'attention de son ami sur un vieillard d'un air
respectable qui traversait en ce moment le
corridor.

— Connaissez-vous ce monsieur-là ? lui
demanda-t-il.

Arthur répondit d'une manière négative , et
Dormer ajouta : C'est le major américain S***,

qui est enfermé ici depuis plus de trente ans ;
il a été incarcéré pour une somme énorme
qu'il a, dit-on, bien plus les moyens que la vo-
lonté de payer ; mais comme il accuse ses
créanciers de l'avoir trompé, il est demeuré
ferme dans sa résolution de ne pas leur donner un sou, et de finir ses jours à Sainte-
Pélagie.

— Je pense cependant, dit Delmaine, que
trente ans passés dans cette prison devraient
lui faire désirer ardemment d'en sortir.

— Bien au contraire, l'habitude est une seconde nature ; il est riche et trouve ici les
moyens d'exercer sa bienfaisance ; il paie souvent les petites dettes des prisonniers sans
ressources, et fait mille autres actions chari-
tables.

Dans ce moment arriva le guichetier ; instruit du prochain départ de son prisonnier et
espérant en recevoir une gratification, il l'a-

borda avec une espèce de sourire qui contras-
tait sur sa dure physionomie. Arthur se fit
donner une pièce d'or par Dormer et la lui
mit dans la main.

— Quel brave homme que ce Monsieur anglais! murmura le rustre; j'espère bientôt le
revoir.

Arrivés au greffe, les trente mille francs,
montant de la dette, furent payés au concierge
ainsi que les frais; il donna quittance du tout
et rendit les papiers relatifs à l'arrestation.
Munis de ces différentes pièces, les deux amis
s'empressèrent de quitter la prison et de monter dans le fiacre qu'ils avaient fait demander.

XXI.

Il sonna d'une main tremblante, et avec un sentiment de terreur indéfinissable.

De la rue de Richelieu où Arthur s'arrêta, Dormer se rendit à la rue de la Chaussée-d'Antin, où le portier lui dit que mademoiselle Morincour était sortie de grand matin et n'était pas encore rentrée.

— Pourrais-je parler à sa femme de chambre ? demanda-t-il.

— On est venu la chercher, il n'y a qu'un instant, de la part de madame Morincour.

— Où demeure madame Morincour ?

— Rue Neuve-des-Petits-Champs.

Dormer remonta en cabriolet, en recommandant au cocher d'aller à toute bride, et se trouva bientôt au lieu indiqué : c'était une maison d'un aspect sombre et repoussant ; on y entrait par une allée aussi obscure que sale, au fond de laquelle se trouvait la loge du portier.

— Je crois que c'est ici que demeure madame Morincour, dit Dormer à une jeune et jolie femme dont les yeux étaient encore humides des larmes qu'elle avait versées.

— Oui, Monsieur, n. 12, au troisième.

— Mademoiselle Morincour y est-elle ?

A cette question, la douleur de la jeune

femme éclata en sanglots ; elle fut quelques instans avant de pouvoir répondre.

— Oh ! Monsieur, il n'y a qu'une heure qu'elle vient de rentrer, toute couverte de sang et dans un état déplorable. La bonne de Madame est allée chercher un médecin, mais je crains bien qu'elle ne soit mourante, cette aimable demoiselle.

Dormer tressaillit, il songea un moment à se retirer; puis, se rappelant l'anxiété dans laquelle il avait laissé Arthur, il résolut de voir au moins madame Morincour.

— Je désirerais vivement voir Madame ou Mademoiselle.

— Monsieur peut monter s'il veut, mais je doute fort qu'on le reçoive, dit la portière en essuyant ses yeux du coin de son tablier.

Dormer, parvenu au n. 12, sonna d'une main tremblante et avec un sentiment de terreur indéfinissable. On ouvrit à l'instant même, et une femme vint à lui en sanglotant.

— Est-ce vous, monsieur le docteur? Entrez, au nom de Dieu! il y a long-temps qu'on vous attend.

— Je voudrais voir mademoiselle Morincour ou sa mère, dit Dormer d'une voix émue, et regrettant déjà de s'être aussi avancé.

La femme de chambre fit un bond de surprise, en entendant la voix d'un étranger au lieu de celle du médecin qu'on attendait avec impatience, et elle fut quelque temps avant de pouvoir répondre que Mademoiselle était trop mal et Madame trop affectée de l'état de sa fille pour recevoir qui que ce fût.

— Dites que je viens de la part de M. Delmaine, et que j'ai quelque chose d'important à communiquer.

— De M. Delmaine! répéta vivement la

femme de chambre. Qu'est-il devenu ? Oh ! je
suis sûre, quoique Mademoiselle refuse de l'a-
vouer à sa mère, que c'est lui qui est la cause
de sa catastrophe. Jamais, continua-t-elle en
se parlant à elle-même, jamais je n'oublierai
l'air qu'il avait quand je lui fis part de l'accident du marquis, et l'état dans lequel je trou-
vai ma pauvre maîtresse qui l'aimait tant ! Attendez, continua-t-elle, prenant pour une intention de se retirer un léger mouvement
que fit Dormer, peut-être madame Morincour
pourra-t-elle vous recevoir. Veuillez prendre
la peine d'entrer et d'attendre un moment;
et, le conduisant dans la chambre à coucher
de madame Morincour, elle passa dans un appartement intérieur. Dormer, malgré sa vive
émotion, ne put s'empêcher de s'apercevoir
du désordre qui régnait partout autour de lui.
Çà et là une robe, un châle, un chapeau, des
pots de pommade et de crême de toute es-

pèce, et enfin tous les auxiliaires qui attestent
les derniers efforts que fait pour plaire encore
une femme sur le déclin de l'âge. Il s'approcha pour tirer le store de la fenêtre qui donnait sur la rue de Richelieu, en face de l'hôtel
d'Espagne. Sur un balcon du premier étage
parut, au même instant, une femme enveloppée d'une robe de matin, les pieds en pantoufles, un mouchoir de soie noire en turban
à la tête. Une volière où se trouvaient plusieurs oiseaux, quelques vases de fleurs, et un
petit singe, paraissait être l'objet de sa visite. A sa vue, le singe poussa un cri de joie
qui attira l'attention d'une petite fille que
Dormer avait vue en entrant; elle accourut
aussitôt auprès de lui, grimpa sur une chaise
et s'écria avec toute la pétulance de son âge :
Oh! le joli singe! aimez-vous les singes, Monsieur? Dormer sourit de la naïve expression
de la petite fille, et elle ajouta : Je voudrais

bien que madame Pasta me le donnât.

— Madame Pasta, ma petite, est-ce bien madame Pasta, cette dame-là ?

— Oui, Monsieur, répliqua l'enfant avec vivacité ; maman m'a dit que c'est une très-grande cantatrice, et souvent, pendant l'été, elle passe des heures entières sur ce balcon, au clair de la lune, chantant les plus jolis airs du monde. Tous les jours, Monsieur, quand elle est ici, elle s'occupe de ses oiseaux, de ses fleurs et de son joli singe. Ah ! que je l'aime, ce singe-là ; et elle joignit ses deux petites mains à l'idée délicieuse de posséder un pareil trésor.

Durant ces détails, qui lui furent donnés avec toute la volubilité d'une petite fille parisienne, Dormer s'efforça de distinguer les traits de l'étrangère. Il fut quelque temps sans pouvoir y réussir, car elle se tenait penchée alternativement sur son singe et sur sa volière,

mais dès qu'il y fut parvenu, il reconnut de
suite le profil grec, le bel œil noir de celle dont
la voix divine avait fait l'admiration de toute
l'Europe.

Ceux, pensa-t-il, qui l'ont vue au Théâtre
Italien dans tout l'éclat d'un brillant costume
et de son admirable talent, ne se la représen-
tent guère vêtue d'une mauvaise robe de
chambre, un mouchoir à la tête et des pantoufles aux pieds. Ceux dont l'ame a tressailli
en la voyant dans Médée ou dans Tancréde,
ne sauraient se l'imaginer conversant avec un
vilain petit singe.

Le bruit que l'on fit en rouvrant la porte
par laquelle la femme de chambre avait disparu vint arracher Dormer à ses réflexions,
et le rappeler au sentiment pénible de sa position présente; il se retourna et aperçut madame Morincour. Ses vêtemens et ses cheveux
étaient dans le plus grand désordre, des

larmes coulaient de ses yeux, et sa physionomie exprimait le plus profond désespoir.

— Maman, dit la petite fille en s'efforçant de
la consoler, ne pleurez pas tant, ma sœur
Adeline sera bientôt aussi bien portante que
moi.

— Jamais! jamais! s'écria la malheureuse
mère en prenant son enfant dans ses bras; ta
sœur est mourante. O mon Dieu! ayez pitié
de ma fille!

Dormer, profondément ému, gardait un
morne silence.

— Vous êtes l'ami de M. Delmaine? lui dit
madame Morincour. Il fit un geste affirmatif.

— Alors vous pouvez entrer, ma fille est
prête à vous recevoir; et lui désignant la chambre, elle se jeta en sanglotant sur son canapé.

Dormer ne s'était jamais trouvé dans une
circonstance aussi cruelle. Il s'approcha de la
chambre en marchant sur la pointe du pied.

Le bruit d'une respiration oppressée, mêlé à celui de sanglots, vint frapper son oreille; la porte était entr'ouverte, il entra et se sentit défaillir à la vue de la scène qui s'offrit à ses yeux.

Sur une table auprès de la fenêtre se trouvaient un plat contenant de la glace et deux ou trois bassins remplis de sang. Plusieurs serviettes qui en étaient également teintes étaient jetées çà et là sur le plancher. A l'extrémité de la chambre, dans un lit dont les rideaux étaient entr'ouverts, il reconnut Adeline, pâle, défigurée, déjà couverte des ombres de la mort, et à genoux auprès d'elle sa femme de chambre, qui, le visage caché dans ses deux mains, sanglotait amèrement. Hélas! tout n'indiquait que trop à Dormer que la jeune fille s'était rompu un vaisseau et était dans un état désespéré. Tandis qu'il demeurait immobile, incertain, elle se souleva avec effort et lui fit signe d'approcher. Il obéit.

— Je sais que vous êtes l'ami d'Arthur. Oh! dites-moi, me hait-il toujours?

Se méprenant sur la cause du silence de Dormer trop ému pour pouvoir répondre, elle crut qu'il hésitait à remplir son cruel message. Alors son œil brilla un instant d'un nouveau lustre, et elle s'écria avec un geste convulsif :

— Oh! parlez, parlez, par pitié; dites-moi s'il me maudit, s'il me déteste encore?

— Il vous aime, s'écria enfin Dormer, désireux d'adoucir les derniers momens de la jeune fille; il m'envoie pour solliciter de vous l'oubli du passé.

— Dieu soit loué! dit l'infortunée Adeline en retombant dans son premier état de langueur, et elle murmura d'une voix à peine intelligible :

— Maintenant je meurs contente. Fanchon, où est maman?

— Me voici, ma fille, me voici ; que désires-
tu ? répondit la désolée madame Morincour,
qui, attirée par l'exclamation d'Adeline, était
rentrée dans la chambre sans être aperçue.

Elle n'obtint aucune réponse, pas le moindre
petit signe.

— Voici votre maman, mademoiselle ! s'é-
cria Fanchon, consternée.

Toujours le même silence.

— Adeline, ma fille, parle-moi ! dit l'infortunée mère avec désespoir ; puis, se penchant
vers elle, elle s'écria au même instant : — Oh !
Ciel, elle est morte ! et elle tomba sans connaissance auprès de son lit. Adeline n'existait
plus.

Nous passerons rapidement sur les détails
de cette triste scène. Persuadé que sa présence
ne pouvait être nécessaire, Dormer s'empressa
de se retirer. Lorsqu'il arriva à la rue de la
Paix, sa physionomie n'exprimait que trop

toutes les cruelles émotions qu'il avait éprou-
vées.

Delmaine l'attendait avec impatience; il se
leva vivement et fut à lui dès qu'il l'aperçut. —
Eh bien! l'avez-vous vue?

Dormer se jeta sur une chaise, sans répondre
un seul mot, et cacha son visage dans ses deux
mains.

Alarmé de la conduite de son ami, Delmaine pâle et tremblant le pressa de questions.

— Je l'ai vue, Arthur, murmura enfin Dormer plongé dans une sombre rêverie.

Le ton dont ses paroles furent prononcées fit
tressaillir Delmaine. — Elle est mieux, n'est-ce
pas? dit-il d'une voix qui trahissait ses craintes.

— Elle est morte!

— Morte!... répéta Delmaine; et il tomba
sans connaissance sur le plancher.

Le soir même, il fut plongé dans un affreux
délire; une fièvre ardente le dévora. Pendant

deux jours on eut à trembler pour sa vie. Ou-
bliant tous ses torts pour ne songer qu'au
danger de sa position, son oncle et le colonel
accoururent auprès de lui. Hélène passa les
nuits et les jours dans les larmes ; mais la
jeunesse d'Arthur triompha de la force du
mal, et une semaine s'était à peine écoulée,
que l'espérance et la joie vinrent, pour la première fois depuis long-temps, faire battre de
nouveau le cœur de la belle et sensible miss
Stanley.

CONCLUSION.

*Cette terre n'est que l'immense pierre
de touche dont Dieu se sert pour reconnaître l'ame de ses élus.*

Un mois après la sortie d'Arthur de Sainte-
Pélagie, Agathe et Frédéric furent unis à l'hôtel de l'ambassadeur d'Angleterre à Paris, et
partirent de suite après pour Florence ; vers
la même époque, leurs amis retournèrent à

Londres. Sir Edouard, dont la santé avait toujours été en déclinant, mourut, trois semaines après son arrivée, à Grosvenor-Street. Il eut, à ses derniers momens, la consolation d'obtenir du colonel la promesse de consentir au mariage qu'il désirait avec tant d'ardeur.

Vers l'automne de la même année, et un an après leur première entrevue, sir Arthur Delmaine reçut la main de la noble et généreuse Hélène, et sut se montrer digne de son bonheur. La correspondance la plus active ne fut jamais interrompue un moment entre lui et Dormer, qui, dans une de ses premières lettres, lui fit part de la mort du marquis de Forsac. Il paraît qu'en apprenant la sortie d'Arthur de Sainte-Pélagie, il s'était empressé de se soustraire à sa vengeance en partant pour l'Italie, où il continua à s'abandonner à ses déréglemens; mais, ayant perdu d'honneur la femme d'un officier, il fut obligé, bien malgré lui, de répondre au cartel de l'époux offensé, et tomba blessé à mort. Rien ne saurait égaler le désespoir avec lequel il apprit du chirurgien que toute espérance de salut était perdue. Le souvenir de sa vie passée lui rendit ses derniers momens terribles; il songea avec effroi que cette vie n'est que l'instant où la main de Dieu nous passe sur la terre comme sur une immense pierre de touche; il s'avoua avec terreur qu'ainsi qu'un vil plomb il méritait d'être précipité dans les fournaises infernales. Pour adoucir en quelque sorte l'amertume de ses remords et réparer les maux qu'il avait faits, il laissa le peu qui lui restait de son immense fortune à madame Morincour, sous la condition qu'elle se retirerait dans sa province, où elle vit maintenant aussi heureuse qu'une femme de son caractère peut l'être dans la retraite.

FIN.